AF296919

RÉCITS DU PRINTEMPS

PARIS. — IMPRIMERIE RENOU ET MAULDE, RUE DE RIVOLI, 144.

LES

PRIMEVÈRES

RÉCITS DU PRINTEMPS

PAR

MICHEL MÖRING

Auteur des Nouvelles Villageoises, des Contes et Récits du Foyer, de la Veillée de Noel,
de l'Album du Jeune Voyageur, des Soirées de mon Oncle, des Récréations
historiques de l'Enfance, etc., etc.

PARIS

A. MARCILLY, LIBRAIRE-ÉDITEUR, RUE SAINT-JACQUES, 10.
1858

A MA PETITE AMIE

ALICE G.....

CHÈRE ENFANT,

Peut-être, quand vous ouvrirez ce livre que je vous dédie, vous demanderez-vous ce que signifie ce titre :

LES PRIMEVÈRES

RÉCITS DU PRINTEMPS.

Je vais vous expliquer, ma chère Alice, ce qui me l'a fait choisir.

L'hiver a fui : la bise ne fait plus entendre sa voix triste et sévère; la neige ne couvre plus le sol de son long voile blanc; les frimas ne se suspendent plus aux branches des sapins, des genêts et des fougères. Voici les prés qui verdissent et les buissons qui bourgeonnent; l'hirondelle revient et les petits oiseaux sautent en babillant de buissons en buissons.

Voyez-vous ces petites fleurs jaunes, roses ou blanches, qui, les premières de toutes les fleurs, s'épanouissent aux bienfaisants rayons du soleil d'avril?

Ce sont les primevères.

Salut à toi, douce primevère! Ta vue nous réjouit, car elle dit à nos regards charmés que le printemps va revenir.

Le printemps, c'est la jeunesse de la nature qui vit et qui renaît après l'hiver; c'est la joie de la terre, c'est la fête de tout ce qui respire, c'est l'annonce des beaux jours, c'est l'espérance de la moisson prochaine.

Mais si la primevère est la fleur du printemps, elle est aussi le symbole de la première jeunesse, le symbole de ces jours qui succèdent à l'enfance.

L'intelligence nous éclaire de ses premiers rayons, l'âme s'épanouit, la raison se développe, l'imagination forme ses premiers rêves, le cœur sent augmenter à la fois ses affections et ses désirs.

Ce n'est plus l'enfance, c'est l'aurore de la jeunesse.

De même, quand naît la primevère, ce n'est plus l'hiver, c'est le commencement du printemps.

Et voilà pourquoi, ma gentille Alice, la primevère étant la fleur du printemps et le symbole de la première jeunesse, j'ai pris le nom de cette fleur douce et charmante pour en faire le titre de ce livre.

Mes *Primevères* à moi, ce sont des fleurs humbles et modestes que vous viendrez regarder et cueillir en pensant à moi.

Vous n'êtes plus enfant, vous n'êtes pas encore jeune fille.

C'est pour cet âge, dont la primevère présente l'image, que j'ai composé ces récits.

Puissent-ils à la fois vous amuser et vous instruire, développer les bons instincts de votre cœur et venir en aide aux douces et tendres leçons de votre mère !

C'est le vœu que forme

Votre ami bien dévoué

MICHEL MÖRING.

Imp. Lemercier, Paris.

MIRETTA.

MIRETTA

LA VEILLE DE LA TARASQUE.

C'était la veille de la fête de la *Tarasque*.

Peut-être mes jeunes lecteurs ont-ils entendu parler de cette fête si célèbre dans l'ancien Languedoc et dans la Provence. Mais comme il se pourrait faire que quelques-uns d'entre eux en ignorassent l'origine, je vais raconter en peu de mots ce que dit la légende à ce sujet.

La tradition rapporte qu'après la mort de Jésus, les juifs, voulant punir Marthe, Lazare et Madeleine d'être restés fidèles au Christ, les jetèrent dans une barque et les abandonnèrent à la fureur de la mer. Mais Dieu veillait sur le frêle esquif; les vagues le respectèrent et le portèrent doucement jusque sur les côtes de la Provence, où les fugitifs abordèrent.

Or, dans ce temps là, la ville de Tarascon et tout le pays d'alentour étaient ravagés par un monstre énorme et hideux, espèce de dragon qui tantôt courait sur le sol et tantôt volait dans l'air; ce monstre terrible faisait chaque jour de nombreuses victimes, et tous ceux qui essayaient de le combattre payaient de la mort leur généreuse audace et leur dévouement.

Les habitants de Tarascon entendirent parler de Marthe et des nombreux miracles qu'elle opérait chaque jour; ils lui envoyèrent une députation pour la supplier de venir les délivrer de la *Tarasque.* — C'était le nom du monstre.

Marthe vint, se fit indiquer l'endroit où le monstre avait son repaire, et alla droit vers lui, seule et sans autre arme qu'une croix de bois. Bientôt elle reparut, tenant d'une main la croix, et de l'autre conduisant la Tarasque enchaînée avec sa ceinture. Elle amena ainsi le monstre jusqu'au milieu de Tarascon; puis elle le livra au peuple, qui se jeta sur lui et le brûla après l'avoir mis en pièces.

C'est en souvenir de ce miracle de sainte Marthe, pieusement conservé par la tradition du pays, que se célèbre chaque année, à Tarascon, la *fête de la Tarasque.*

C'était donc la veille de cette fête célèbre.

La petite ville de Rémoulins était encombrée d'hommes, de femmes et d'enfants qui venaient s'y arrêter le soir et y passer la nuit, afin d'en repartir au petit jour et d'arriver à Tarascon pour la fête. On les voyait arriver de tous côtés, les uns à pied, les autres montés sur des chevaux, des ânes ou des mulets; ceux-ci dans de grands et lourds chariots à quatre roues, traînés par des bœufs; ceux-là dans des voitures plus élégantes et plus légères, aux attelages impatients et rapides.

C'étaient, pour la plupart, des gens des environs, qui, pour rien au monde, n'auraient manqué d'assister à la procession de la Tarasque.

Tout ce monde allait, venait et se démenait, encombrant les hôtelleries et cherchant à s'assurer d'un souper et d'un gîte, ce qui n'était pas chose facile.

Il faut dire cependant, à l'honneur des aubergistes, et grâce à cet esprit ingénieux et inventif dont ils sont particulièrement doués, que chacun finit par trouver sa place, bêtes et gens.

Plus heureux que beaucoup d'autres, qui se contentaient, faute de mieux, d'un grenier ou d'une étable, j'avais obtenu une chambre pour moi seul, et je me disposais à m'y installer, lorsqu'une chaise de poste s'arrêta devant l'hôtel et vint attirer mon attention. Une femme, jeune encore, et qui gardait sur son visage pâle et amaigri les traces d'une beauté que la souffrance ou les larmes avaient dû altérer avant le temps, descendit de la voiture, s'appuyant sur le bras d'un vieux serviteur; après elle, un beau petit garçon de six à sept ans, sans attendre la main qui allait venir à son aide, s'élança d'un bond hors de la chaise.

En toute autre circonstance, l'hôtelier, à la vue des nouveaux arrivants, se serait avancé auprès du marchepied, courbé jusqu'à terre et son bonnet à la main; mais l'auberge était pleine, et il n'y restait pas un seul coin qui n'eût été mis à profit : il demeura immobile et muet.

Force allait être à la jeune dame de remonter en voiture et de continuer sa route, lorsque je priai l'aubergiste de disposer de ma chambre. Celui-ci me remercia, les yeux humides, en m'assurant qu'il me trouverait encore un lit, dût-il se priver du sien.

Je jouais avec le jeune enfant dans la salle basse de l'auberge, quand un paysan annonça qu'en passant auprès du pont du Gard, il avait aperçu une troupe de bohémiens qui se disposait à camper au pied des ruines.

Cette nouvelle excita la curiosité des assistants; il y avait là quelques voyageurs qui parlèrent aussitôt de faire une excursion jusqu'au pont du Gard : trois heures de jour, qui restaient encore, permettaient de mettre ce projet à exécution.

L'enfant manifesta le désir de venir avec moi.

Je priai la mère de me le confier.

Elle ne me répondit pas, et deux grosses larmes coulèrent le long de ses joues.

—N'insistez pas, me dit à voix basse le vieux serviteur qui les accompagnait, en se penchant à mon oreille; si vous saviez!... Pauvre femme!... pauvre mère!...

Et lui aussi pleurait.

Je compris qu'il y avait là un secret douloureux dont il fallait se garder de réveiller les pénibles souvenirs, et j'allais me retirer, lorsque madame de P.... attira à elle son enfant, l'embrassa à plusieurs reprises avec une tendresse passionnée; puis, le ramenant vers nous :

— Monsieur, dit-elle, et vous Jean, veillez bien sur lui, car c'est tout ce qui me reste au monde, et j'ai déjà tant souffert!...

— Oh! Madame, dit le vieux domestique, en inclinant ses cheveux blancs presque sur la main de sa maîtresse, j'ai été bien coupable, et si vous m'avez pardonné, je ne me pardonnerai jamais, moi!...

— Allez ! mon bon Jean, reprit la dame avec un son de voix doux et touchant; je sais que vous donneriez votre vie pour racheter cet oubli d'un instant qui a causé un si grand malheur, et je sais aussi que vous êtes le meilleur et le plus dévoué des serviteurs.

Nous partîmes.

LA PETITE FILLE VOLÉE

Jean et moi nous tenions chacun une des mains de l'enfant.

Nous avions laissé passer les plus pressés et nous marchions en arrière, jouant ou causant avec l'enfant, dont la joie bruyante et les mille questions eussent certainement suffi à nous occuper, si nous n'avions eu fort à faire pour nous diriger au milieu de la foule qui encombrait les rues.

Une fois sortis de la ville, comme la route était large et bien unie, nous laissâmes Lucien, — c'est ainsi que s'appelait le jeune enfant, — courir devant nous.

Tandis qu'il allait et venait, sans compter ses pas, — l'enfance est si prodigue de ses forces et de ses jours ! — tandis qu'il bondissait comme un jeune chevreau, franchissant les fossés de la route pour aller cueillir au bord des champs les mille petites fleurs qui diapraient l'herbe de leurs couleurs variées, le vieux Jean, voyant que j'avais l'air triste et préoccupé, se rapprocha de moi.

— Vous pensez, j'en suis sûr, me dit-il, à ces quelques mots que ma maîtresse et moi nous avons prononcés tout à l'heure devant vous.

— J'en conviens, lui répondis-je.

— Ah! Monsieur, c'est un bien grand malheur, le plus grand de tous, qui est arrivé à cette pauvre mère, et par ma faute encore !

Puis il ajouta :

— Tenez ! pendant que la route est sûre et tranquille et que nous pouvons d'un regard veiller sur l'enfant, je vais vous conter cette triste histoire... Ce sera une expiation de plus pour moi !... Car, voyez-vous, je n'aurai jamais assez de larmes dans les yeux pour pleurer ce malheur-là ; comme aussi je n'aurai jamais assez de jours pour expier ma faute !...

Alors le vieux serviteur raconta ce qui suit :

— Il y a de cela un peu plus de sept ans ; — je m'en souviens encore comme si c'était hier... Elle aurait quatorze ans aujourd'hui, la pauvre Miretta !... — Donc elle avait à peu près l'âge du jeune enfant qui court en ce moment devant nous. Ma maîtresse, qui habitait alors avec son mari un grand château situé aux environs de Pau, m'avait permis d'emmener la petite Miretta à la fête d'un village voisin, où je devais passer la journée au milieu de ma famille. Dieu sait si l'enfant était heureuse et si elle fit joyeusement, moitié courant et moitié portée dans mes bras, les deux lieues qui séparaient le château du village ! Là, sa joie augmenta encore à la vue des boutiques et des spectacles de toutes sortes qui encombraient le champ de foire ; elle allait sans cesse de l'un à l'autre, me tirant par le bras, riant aux éclats des plaisanteries de Paillasse, et se pâmant d'aise lorsque Polichinelle battait le commissaire ou attachait le diable à la potence. Mais ce qui attira le plus son attention, ce fut une troupe de saltim-banques, qui avaient pris place à l'extrémité du champ de foire, sur la limite du bois de Coaraze.

Déjà le spectacle avait fini et recommencé plusieurs fois ; tandis que le cercle des curieux se renouvelait sans cesse, Miretta, les deux mains appuyées sur la corde qui marquait l'enceinte et servait de barrière à la foule, Miretta, dis-je, les yeux tout grands ouverts, le visage rouge de plaisir, regardait toujours avec la même curiosité ces hommes, ces femmes, ces enfants, au teint bruni, à l'air étrange et demi-sauvage, au costume bariolé de nuances diverses, qui dansaient des rondes sans fin au son du tambour de basque, s'élançaient et se tenaient debout sur des chevaux excités par le fouet, bondissaient sur une corde raide, et faisaient enfin toute sorte d'exercices de force, d'adresse et d'agilité. Plusieurs fois déjà une vieille femme en haillons, qui recueillait les offrandes au nom de la troupe, s'était arrêtée devant Miretta, et, chaque fois, celle-ci, puisant dans sa petite bourse blanche, avait mis une pièce de monnaie dans l'assiette que lui tendait la vieille femme.

Las d'appeler l'enfant et de chercher à l'emmener avec moi, je me mis à causer un peu à l'écart avec un de mes compatriotes, un ami d'enfance que je n'avais pas revu depuis de longues années. Notre conversation durait depuis plus d'un grand quart d'heure, quand tout à coup, jetant les yeux autour de moi, je n'aperçus plus Miretta à la place qu'elle occupait.

Les saltimbanques avaient cessé leurs exercices et se reposaient, étendus à l'ombre des bois.

Inquiet, je m'élance vers eux et je les interroge; ils me répondent dans une langue étrangère à laquelle je ne comprends rien, et je ne puis tirer d'eux aucun éclaircissement.

Je parcours la foule, je vais d'une extrémité à l'autre du champ de foire, explorant toute les boutiques, fouillant tous les groupes; mes parents, mes amis se joignent à moi; le nom de Miretta vole de bouche en bouche et est répété de tous côtés : vaines recherches!...

La journée se passa ainsi. La nuit était venue : je cherchais et j'appelais encore.

Toutes les investigations demeurèrent vaines; seulement, lorsque, le lendemain matin, le maire du pays, prévenu par moi, voulut interroger les saltimbanques, il apprit qu'ils étaient partis la veille à la tombée de la nuit. On se mit à leur poursuite, mais bientôt on perdit leurs traces dans les montagnes.

Nul doute!... la pauvre Miretta avait été volée!...

Comment me représenter au château?... Comment affronter la vue de ce père, de cette mère surtout, qui allaient me demander compte de l'enfant qu'ils m'avaient confiée?

Il le fallut cependant.

Vous dire comment on me garda, je n'en sais rien vraiment : je crois cependant que ma douleur, qui tenait du délire et de la folie, plaida mieux en ma faveur que quarante ans de services pendant lesquels mon affection et mon dévouement pour mes maîtres et pour leur famille ne s'étaient jamais démentis.

Le père fit faire de nouvelles recherches; tout ce qu'il réussit à savoir, ce fut que la troupe de saltimbanques était passée en Espagne. Mon maître et moi nous partîmes pour ce pays, et, pendant plus de six mois, nous le parcourûmes

en vain dans tous les sens, visitant les villes, les villages, ne laissant derrière
nous aucun coin de terre inexploré.

Nous revenions plus tristes et plus découragés, lorsque, au moment de passer
la frontière, mon maître fut atteint subitement d'une maladie épidémique qui
ravageait alors le pays, après quelques heures de souffrances, il mourut entre
mes bras, en me faisant jurer que, jusqu'à la fin de mes jours, je me dévouerais
à la recherche de son enfant. Je le lui jurai devant Dieu.

Ce soin, cette unique pensée n'étaient-ils pas mon juste châtiment et la seule
expiation de ma coupable négligence?

Je n'essaierai pas de vous peindre la douleur de ma maîtresse quand je revins
auprès d'elle. Pendant l'absence de son époux, elle venait d'être mère pour la
seconde fois; mais ce beau petit ange que Dieu lui envoyait pour la consoler,
au lieu d'atténuer sa douleur, ne fit que la ranimer et l'augmenter encore.

Bientôt la santé de madame de P.... s'altéra peu à peu. — Le chagrin, un
chagrin sans espoir, n'est-il pas, et pour l'âme et pour le corps, un mal cruel et
sans remède? — Ses forces l'abandonnèrent de jour en jour, d'année en année;
et cela malgré nos soins et notre dévouement, malgré l'amour de cet enfant
qui a grandi sans avoir vu sourire sa mère et qui n'a jamais reçu d'elle que des
baisers arrosés de larmes.

Le vieillard avait achevé son récit.

En cet instant, nous devions quitter la grande route pour prendre un sentier
qui contourne la montagne.

Jean appela l'enfant. Celui-ci avait fait une telle provision de fleurs, que ses
petits bras suffisaient à peine à la contenir. Jean lui prit la main; moi, je me
chargeai des fleurs, au grand contentement de l'enfant, et nous nous engageâmes
dans le sentier.

Au bout d'un quart d'heure de marche nous aperçûmes tout à coup, au-
dessus d'un massif d'arbres, deux ou trois arches se détachant sur l'azur du
ciel; puis le sentier s'abaissa par une pente brusque et rapide et nous conduisit
en peu d'instants au fond de la vallée étroite au milieu de laquelle coule le
Gardon.

A deux cents pas devant nous se dressait le *Pont du Gard*.

LA BOHÉMIENNE DU PONT DU GARD.

Le jour commençait à décliner et les rayons du soleil couchant donnaient encore un aspect plus grandiose et plus imposant à cette masse de granit, qui, depuis près de deux mille ans, a bravé le temps et les orages et a vu se renouveler tant de peuples et d'empires.

Le Pont du Gard, bâti par l'armée d'Agrippa, est un des monuments les plus importants que la domination romaine ait laissés dans la Gaule; il réunit deux montagnes et se compose de trois rangs d'arcades superposées : le premier rang, sous lequel passe le Gardon, a six arches, le second onze, et le troisième trente-cinq; ce dernier était destiné à porter l'aqueduc qui amenait autrefois à Nîmes les eaux des sources d'Aure et d'Aïran, situées à plusieurs lieues dans les montagnes.

La vue de ce monument gigantesque produit une impression profonde et qu'on ne saurait décrire.

Je fus tiré de ma rêverie par une exclamation joyeuse du petit Lucien; il venait d'apercevoir, au pied du Pont du Gard, sous une arche en ruine, la troupe de bohémiens dont on nous avait parlé; son impatience était grande; aussi tirait-il le pauvre Jean de toutes ses forces pour le contraindre à marcher plus vite.

Nous descendîmes jusqu'au fond de la vallée et nous nous approchâmes du Pont du Gard et des bohémiens.

C'était un étrange et curieux spectacle que celui de ces physionomies sauvages et farouches, de ces hommes à la barbe longue et inculte, de ces femmes vêtues de costumes étranges, de ces enfants qui se roulaient demi-nus sur le sol au milieu d'animaux de toute sorte.

La troupe était campée au bord de la rivière; les uns, groupés autour d'un grand feu au-dessus duquel était suspendu un immense chaudron, attendaient l'heure du repas; les autres étaient étendus sur la berge et semblaient dormir.

Ce n'était pas là le compte des gens de la campagne, qui étaient venus de Rémoulins pour assister à un spectacle plus animé; mais la troupe des bohé-

LA BOHÉMIENNE DU PONT DU GARD.

miens était fatiguée par une longue route, et le chef avait décidé que, comme
elle devait se rendre à Tarascon et marcher encore pendant une partie de la
nuit, les curieux en seraient pour leurs pas.

La foule ne tarda donc pas à s'écouler, et nous restâmes à peu près seuls.

Nous songions à nous retirer aussi, lorsque nous aperçûmes à quelques pas
de nous, assise sur un débris de rocher, une jeune bohémienne de quatorze à
quinze ans, qui, tant par la blancheur de sa peau que par la douceur et la beauté
de son visage, formait un singulier contraste avec le reste de ses compagnons.
Jamais plus ravissante créature ne m'était apparue : sa figure, d'un ovale par-
fait, était encadrée par de beaux cheveux bruns, relevés en couronne sur
son front et retombant en nattes épaisses sur sa poitrine et sur son cou ; elle
avait de grands yeux noirs avec de longs cils qui en voilaient l'éclat ; sa taille
était flexible et bien prise, et son pied, qui jouait à son insu sur l'herbe fleurie,
était petit et rose comme un pied d'enfant.

Le costume de la jeune bohémienne ajoutait encore à sa beauté ; il se com-
posait d'un corsage de velours noir, lacé sur le devant de la poitrine, et d'une
jupe bariolée de nuances diverses. Un large pantalon, attaché au-dessous du
genou, laissait ses jambes demi-nues. Ses bras étaient chargés de bracelets
de cuivre. Auprès d'elle était un tambour de basque.

Elle semblait triste et pensive ; les regards abaissés vers le sol, elle paraissait
avoir oublié, dans une longue et douce rêverie, le morceau de pain noir qu'elle
tenait à la main et qui devait sans doute servir à son repas.

Nous nous étions approchés, et elle nous aperçut ; son premier mouvement
fut de se lever et de fuir devant nous ; mais la vue de l'enfant la rassura
et elle se mit à lui sourire doucement. Lucien, étonné d'abord de son
costume étrange, s'enhardit peu à peu, fit quelques pas, et, fixant sur elle
ses grands yeux bleus, se prit à l'examiner attentivement. Le tambour de
basque, qu'il aperçut, excita bientôt aussi sa curiosité ; on voyait briller
dans ses regards le désir de le posséder un moment. La bohémienne lut
ce désir, ramassa le tambour et le tendit à l'enfant, qui se mit à l'agiter joyeusement. Au bout de quelques instants, ils étaient les meilleurs amis du monde.
Oubliant la fatigue, la jeune fille jouait avec Lucien ; tantôt, au son du tambour
de basque, elle exécutait devant lui toutes sortes de danses ; tantôt elle se lais-

3

sait poursuivre, fuyait et revenait bientôt pour lui rendre, au prix d'un baiser, le précieux tambour que l'enfant convoitait toujours.

Nous prenions plaisir, le vieux Jean et moi, à les voir courir ainsi sur la berge sablonneuse du Gardon. Tout à coup, par une imprudence que nous ne pûmes prévenir, Lucien, qui s'était trop approché du bord, fit un brusque mouvement, trébucha sur une pierre de la rive, et avant que nous ayons pu arriver pour le retenir, tomba dans la rivière, heureusement peu profonde en cet endroit.

J'allais m'élancer; la jeune bohémienne me prévint : à peine l'enfant était-il tombé, à peine avions-nous eu le temps de jeter un cri d'effroi, que, d'un bond, elle sauta dans l'eau; bientôt nous la vîmes reparaître, tenant d'un bras le petit imprudent et s'aidant, de l'autre, pour remonter sur la rive. Elle déposa à nos pieds l'enfant tout tremblant de frayeur, et, s'agenouillant auprès de lui, elle se mit à le caresser doucement et à l'embrasser pour le rassurer.

Toute cette scène s'était passée avec une rapidité incroyable. Le vieux serviteur était pâle et livide et sur le point de défaillir; j'avais peine à le soutenir dans mes bras.

— Oh! ma pauvre maîtresse! s'écria-t-il.... quel affreux malheur!... et par ma faute encore.... Oh! je fuirai, je m'éloignerai de vous!....

Aux paroles entrecoupées du vieillard, au son de sa voix, la jeune fille avait relevé vivement la tête; elle écoutait, et l'expression de son regard semblait dire que cette voix avait déjà frappé son oreille.

Puis elle se remit à soigner l'enfant et à lui retirer ses vêtements imbibés d'eau.

Tout à coup, elle poussa un grand cri; elle venait d'apercevoir sur la poitrine de Lucien un petit médaillon entouré d'un cercle d'or et contenant le portrait de madame de P....

— Ma mère!... ma mère!... s'écria-t-elle.

Alors elle s'élança vers le vieillard :

— Jean, dit-elle, mon bon Jean, c'est toi, n'est-ce pas?... Je te reconnais.... Ah! conduis-moi vers ma mère.... il y a si longtemps que je souffre et que je pleure loin d'elle!....

Et elle entourait de ses bras le vieillard, à qui la surprise et la joie semblaient avoir enlevé la raison ; elle se suspendait à son cou et embrassait son front et ses cheveux blancs.

Enfin des larmes abondantes s'échappèrent des yeux du vieux serviteur; il pressa la jeune fille dans ses bras, la couvrit de baisers, et levant les yeux vers le ciel :

— Soyez béni ! mon Dieu, s'écria-t-il ; l'expiation cesse, ma tâche est finie et je puis mourir maintenant !

J'avais pris Lucien dans mes bras et je l'avais enveloppé dans une partie de mes vêtements.

— Miretta, dis-je, en m'approchant à mon tour, voici votre frère ; c'est lui que vous venez de sauver !

— Mon frère? dit la jeune fille… j'ai un frère !… pauvre petit ange, comme il est beau !

Elle me le prit et l'embrassa avec passion. L'enfant, tout à fait rassuré, entourait de ses deux bras le cou de sa sœur et répondait à ses caresses.

Restait à emmener Miretta.

Pendant la scène que je viens de décrire, les bohémiens s'étaient rapprochés et formaient un cercle autour de nous.

Je m'avançai vers celui qui me parut être leur chef; il fit quelques pas au-devant de moi et prévint ma demande.

— J'ai tout entendu, me dit-il. Voilà un événement bien extraordinaire. Miretta a été sans doute volée à ses parents et enlevée quand elle était encore enfant.

— Vous devez le savoir, lui répondis-je d'un ton sévère.

— Je le sais par ce qui vient de se passer et aussi par ce qu'elle m'a dit. Moi, je l'ai trouvée en Espagne, il y a sept ans, errant la nuit sur une grande route et à demi-morte de froid et de faim. Si ses souvenirs avaient été plus précis, j'aurais essayé de la rendre à sa famille; mais elle ne se rappelait ni le nom de ses parents ni l'endroit qu'ils habitaient; j'ai donc été forcé de renoncer à ce dessein : je l'ai gardée avec moi jusqu'à ce jour, et je ne crois pas qu'elle ait à se plaindre de nous. Ce qui témoigne en ma faveur, c'est que je n'ai même pas cherché à lui faire changer de nom.

— Vous ne méritez aucun blâme, lui dis-je, et vous avez droit, au contraire, à une récompense que vous remettra, sans nul doute, la mère de la jeune fille. Venez ce soir ou demain à Remoulins.

Nous partîmes avec Miretta pour nous rendre auprès de madame de P....

Je ne dirai pas la joie de la mère en retrouvant son enfant, après tant de jours de larmes et de deuil.

Il est des scènes qu'on ne saurait décrire.

Vous me comprendrez tous, enfants qui aimez si tendrement vos mères et qui en êtes si tendrement aimés!

Le lendemain matin, madame de P... partait avec ses deux enfants. Ce n'était plus la même femme, affaiblie et languissante : la joie lui avait rendu la santé et la vie.

Pour moi, je suivis le flot populaire et je me dirigeai vers Tarascon, emportant une histoire que je me proposais de raconter bientôt à mes jeunes lecteurs.

LE MOULIN DES QUATRE ÉPIS.

LE

MOULIN DES QUATRE-ÉPIS

LES PLUS BELLES FLEURS DU ROYAUME DE FRANCE

LE MOULIN

A deux lieues au-dessus de Chartres, sur les bords riants et fertiles de l'Eure, on distingue, à demi-caché par les aunes et les peupliers, un joli moulin, dont les murs blanchis à la chaux, les volets peints en vert, la toiture d'ardoises aux reflets bleuâtres, attirent l'attention et charment les regards.

Bâti au bord de la route, sur une sorte de chaussée qui se prolonge jusqu'au milieu de la rivière, entouré de tous côtés par un horison resserré de prairies et de collines verdoyantes, on dirait un de ces nids posés sur les algues marines, et que le souffle de la brise balance mollement au-dessus des flots.

Excepté le dimanche et les jours de fête, où les deux larges roues, essoufflées par un long travail, dorment immobiles sur leurs axes puissants, jamais, pendant les jours et les nuits qui se succèdent et que la main du bon Dieu ajoute aux semaines, aux mois et aux années, jamais le Moulin des Quatre-Épis ne cesse de faire entendre le mouvement cadencé de son joyeux tic-tac.

Le Moulin des Quatre-Épis!... C'est ainsi qu'on l'appelle. Quatre épis de bois sculpté, suspendus au-dessus de la porte d'entrée, justifient son nom.

Ces épis, ce nom cachent une tradition qui s'est conservée pieusement dans le pays, une histoire que les anciens du village racontent avec plaisir au voyageur curieux, à l'heure où le soir appelle le repos et où l'on s'asseoit, à la porte de l'église, sous les vieux ormeaux qui ont entendu tant de paroles graves ou joyeuses et vu passer tant de générations.

Cette histoire, la voici.

Il y a plus de deux cents ans, sur l'emplacement même de ce moulin, il y en avait un autre qui relevait, ainsi que les villages environnants, de la seigneurie d'Allonville.

De l'autre côté de la rivière, sur le versant de la colline qui fait face au moulin, on voyait alors un vieux manoir féodal, à la masse imposante et noire, aux nombreuses tourelles, espèce de sentinelle avancée qui dominait tout le pays à plus de cinq lieues à la ronde. C'était la demeure de la famille d'Allonville, famille illustre, qui, depuis les croisades, n'avait cessé de fournir de vaillants défenseurs à la religion et à la patrie.

Mais revenons au moulin.

Ce moulin, c'était l'héritage de Pierre Lombut, un rude travailleur, un bon père de famille, un de ces braves cœurs que Dieu fait naître sous le chaume et qui renferment tant de trésors de vertus cachées, de force, de courage, de patience et d'abnégation.

Pierre Lombut, Marguerite sa femme, et Petit-Jean, leur fils, âgé de douze ans, composaient la famille qui habitait le moulin.

Marguerite était une bonne et douce ménagère ; Petit-Jean un enfant docile et aimant ses parents.

Longtemps ils furent heureux, longtemps le travail entretint l'aisance sous leur toit : aidés par de nombreux serviteurs, ils suffisaient à peine à l'ouvrage qui arrivait de toutes parts ; c'était merveille de voir les sacs de blé qui entraient au moulin, les sacs de farine qui en sortaient ; c'était merveille d'entendre les chansons et les voix joyeuses qui se mêlaient au bruit des roues.

Mais vint la guerre, la guerre qui laisse après elle tant de désolation et de malheurs, qui sème la mort et la ruine sur son passage et qui marque ses traces par des larmes.

La guerre avait, deux ans de suite, ravagé les moissons : plus de blé, plus d'ouvrage au moulin; partant, plus de joie et plus d'aisance.

Les serviteurs s'en étaient allés un à un, et Pierre Lombut était demeuré seul avec sa femme et son enfant, triste et découragé, épuisant peu à peu ses dernières ressources et attendant l'ouvrage, qui ne venait plus.

Par malheur, une partie du moulin menaçait ruine ; et l'argent manquait pour le réparer.

Par une belle matinée d'été, la pauvre famille était rassemblée devant le moulin. Pierre Lombut, debout, les bras croisés, le visage pâle et triste, interrogeait d'un regard inquiet la route qui passait auprès de sa demeure. Assise sur un banc de pierre adossé à la maison, Marguerite pleurait et se cachait le visage dans ses mains pour dissimuler ses larmes.

Quand Petit-Jean, qui observait cette scène, vit pleurer sa mère, il s'élança vivement, s'agenouilla devant elle, lui prit les mains et les couvrit de baisers.

— Mère, mère ! lui dit-il, je ne veux pas que tu pleures, je ne veux pas que mon père se désole ainsi; cela me saigne le cœur de vous voir tristes tous les deux !

— Mon cher enfant, mon pauvre Petit-Jean, comment ne serions-nous pas tristes, nous sommes si malheureux !

— Hélas ! reprit le père, qui s'était rapproché de sa femme et de son enfant, il y a plus d'un mois que le moulin chôme et que la roue est silencieuse et muette !

— N'est-ce pas toujours à peu près ainsi depuis ces deux années de guerre ? ajouta Marguerite.

— Comme nous étions heureux autrefois ! dit Petit-Jean avec un gros soupir : la roue tournait sans cesse, le blé craquait sous les meules, le moulin ne désemplissait pas, et il fallait attendre son tour pour être servi ; aussi mon père n'avait que des paroles joyeuses et ma bonne mère souriait toujours.

— Oui, mon enfant, nous étions riches dans ce temps-là, et chaque année ajoutait au petit trésor que nous amassions pour toi ! Mais la guerre est arrivée...

Adieu tout notre bonheur ! Rançonnés par les uns, pillés par les autres, accablés de charges et d'impôts, il ne nous est plus rien resté que nos regrets et nos larmes.

— Si encore, dit le père, l'ouvrage était revenu !... nous aurions repris courage et réparé nos pertes à force de labeur ; mais rien ! Cette année seulement les moissons ont été respectées ; mais il nous faudra attendre ainsi jusqu'à la saison d'hiver, jusqu'à ce que le grain soit battu. Le pourrons-nous ?... Pourvu que nous ne soyons pas forcés de vendre le moulin !...

— Vendre le moulin !... y penses-tu Pierre ? Il y a plus de cent ans qu'il est dans la famille : j'y ai vu mourir mes parents ; j'y suis née et j'y ai grandie.... N'est-ce pas, Pierre, que nous pourrons attendre ?...

— Hélas ! Marguerite, nous avons encore plus de six mois à attendre ainsi, sans ressources et presque sans pain !

— Que faire, que devenir ? mon Dieu ! ajouta la mère.

— Si vous vouliez, dit timidement Petit-Jean, j'essaierais de vous tirer d'embarras.

— Pauvre enfant ! que pourrais-tu faire pour nous aider ?

— Tu es si jeune !

— Si jeune !... J'ai bientôt treize ans, je suis grand et robuste pour mon âge ; et puis je vous aime tant, que cela doublera mon courage et mes forces.

— Et que comptes-tu faire, dit le père avec intérêt, en appuyant une main carressante sur la tête du jeune enfant.

— Père, j'ai formé un grand projet.

— Voyons ! Quel est-il ?

— J'ai ouï dire, reprit l'enfant, qu'il se préparait une grande fête au château du seigneur d'Allonville. Je ne sais quel hôte illustre on attend ; mais ce doit être un bien grand personnage, à en juger par les préparatifs de la fête : tous ceux qui se présentent au manoir, hommes, femmes, enfants sont acceptés et employés sur-le-champ, les uns à nettoyer et à sabler les allées, les autres à former des bouquets et à tresser des guirlandes, ceux-ci à disposer des tentures le long des murailles, ceux-là à élever et à décorer des arcs de verdure. Je vais y aller et j'espère bien être accueilli comme les autres ; d'autant que vous m'avez fait apprendre l'état de jardinier et que l'on pourra certainement m'employer au jardin.

— Mais, mon pauvre enfant, tu es encore si petit, qu'on ne voudra te donner aucun salaire.

— Si, mon père, on me paiera, j'en suis sûr. Si peu que je gagne pendant quelques journées, cela vous viendra en aide, et vous n'aurez pas une bouche inutile à nourrir. D'ailleurs, qui sait si au milieu de tous ces brillants seigneurs et de toutes ces belles dames, le bon Dieu ne m'enverra pas quelque bonne aubaine. Vous consentez, n'est-ce pas?

Et comme Pierre et Marguerite ne répondaient rien et regardaient Petit-Jean avec des yeux mouillés de douces larmes de tendresse et de joie, l'enfant se releva vivement et entra dans la maison.

Il en ressortit bientôt, paré de ses habits du dimanche, une bêche sur l'épaule, un panier au bras ; il embrassa son père, sécha avec de tendres baisers les larmes de sa mère, et, le cœur joyeux, — les bonnes pensées, les bonnes actions amènent le bonheur, — il monta dans la barque amarrée auprès du moulin et se dirigea vers l'autre rive.

Pierre et Marguerite le suivaient des yeux et répondaient du geste et de la voix aux bonnes paroles et aux tendres adieux de leur enfant bien aimé.

— A ce soir, disait Petit-Jean ; j'apporterai de bonnes nouvelles.

Trois heures après, Petit-Jean était de retour.

Les préparatifs de la fête se trouvaient terminés, on n'avait plus besoin de personne.

Seulement, à force de supplications, Petit-Jean avait obtenu du jardinier en chef du château que celui-ci l'emploierait avec lui pendant quelques jours.

L'HOTE DU SEIGNEUR D'ALLONVILLE.

Le manoir d'Allonville était une vieille demeure féodale, bâtie au temps des croisades. Ses hautes murailles percées d'étroites ouvertures, ses petites tours carrées, montées en briques, ses larges fossés remplis d'eau, l'énorme bastille armée d'un pont-levis, qui en défendait l'entrée, formaient un ensemble imposant et redoutable.

Mais la situation pittoresque du manoir, les longues et magnifiques avenues
qui y conduisaient, le parc et les jardins immenses qui lui formaient une riche
et verdoyante ceinture, les beaux arbres dont les fronts séculaires s'élevaient
majestueusement jusqu'au dessus des cîmes du donjon offraient un agréable
contraste et rendaient l'aspect de l'antique demeure moins triste et moins
sévère.

Par une belle journée d'été de l'année 1594, le domaine d'Allonville présentait un mouvement et une animation extraordinaires.

Partout, aux environs du manoir, on ne rencontrait que des gens qui se croisaient et se heurtaient : les uns portant des fardeaux, les autres conduisant
de lourds chariots traînés par des bœufs; ceux-ci s'arrêtant pour causer un
instant, ceux-là se gourmandant les uns les autres et s'appelant pour se prêter
assistance.

Ici, on dressait des mâts décorés de drapeaux, de flammes et d'emblêmes; là,
des femmes et des jeunes filles disposaient des guirlandes de fleurs et de feuillages, tandis que des enfants tapissaient d'herbe, de mousse et de branches de
fougère l'avenue principale qui aboutissait en face du pont-levis.

De distance en distance, on voyait s'élever des arcs de triomphe formés de
branches entrelacées, et sur lesquels des moissons de fleurs, artistement distribuées, dessinaient de gracieux ornements.

A l'intérieur du manoir régnait une activité plus grande encore : d'habiles
artisans, venus de toutes les villes voisines, décoraient les appartements et les
salles de réception du château; le sol se couvrait de riches tapis; des glaces
de Venise, des tentures de velours, de soie et de brocard, ornées de franges et
de crépines d'or, ornaient les murs; aux poutres des plafonds, semées d'étoiles
et de fleurs-de-lys d'argent sur un fond d'azur, se suspendaient des lustres au
feuillage de cristal.

De nombreux serviteurs apportaient des meubles magnifiques et toutes
sortes d'objets précieux : les uns étalaient, sur les larges dressoirs de chêne
sculpté, de lourdes pièces d'argenterie richement ciselées; d'autres formaient

des trophées d'armes et de drapeaux; ceux-ci plaçaient des flambeaux de cire de diverses couleurs dans les mille branches des candélabres; ceux-là apportaient et disposaient devant les fenêtres des vases et des corbeilles de fleurs.

Partout les travailleurs multipliaient leurs efforts. Le sire d'Allonville et la très-noble dame son épouse stimulaient leur ardeur, allant de l'un à l'autre, visitant tour à tour les appartements, le parc, les jardins, et adressant à chacun des encouragements et des éloges.

Enfin, au milieu du jour, quand la cloche du château sonna l'*Angelus*, tous les préparatifs se trouvèrent achevés.

Il était temps, car déjà les invités arrivaient en foule : l'avenue était pleine de seigneurs montés sur de magnifiques coursiers, de dames et de nobles demoiselles chevauchant sur des mules richement caparaçonnées, portées dans des litières ou traînées dans des chariots, avec des suites nombreuses et brillantes de pages et de valets.

Toute la noblesse du pays avait été conviée à cette fête, dont les magnifiques préparatifs étonnaient les regards.

Et chacun de demander au sire d'Allonville ou à la comtesse sa femme, pour quelle circonstance extraordinaire et en l'honneur de quel hôte illustre ils avaient déployé tant de luxe et de magnificence.

Mais à la même question, qui partait de toutes les bouches, les maîtres du château se contentaient de répondre en souriant :

— Attendez !... vous le saurez plus tard !

C'eût été peine perdue d'interroger les domestiques : aucun d'eux n'était dans le secret; pas même le gros intendant qui se promenait d'un air d'importance au milieu des valets.

Monsieur le bailli seul avait dû être informé, attendu sa qualité de fonctionnaire public et de représentant de l'autorité; mais il avait été si discret, que dame Jacqueline, sa femme, ne savait rien.

Il est vrai que si dame Jacqueline avait été maîtresse du secret, tout le pays l'aurait su une heure après.

Mais ce n'est pas de dame Jacqueline qu'il s'agit ici.

Tout à coup un courrier arriva à bride abattue par la grande avenue; parvenu à l'entrée du manoir, il jeta les rênes de son coursier aux mains d'un page et demanda à parler au comte d'Allonville.

Celui-ci l'avait aperçu et s'était avancé à sa rencontre.

Le courrier lui dit quelques mots à l'oreille.

Il se fit un grand silence et chacun se pencha pour écouter.

Mais personne n'entendit rien, si ce n'est la voix du sire d'Allonville qui vibra retentissante et joyeuse, et fit entendre ces paroles :

— Seigneurs et nobles dames, l'hôte si impatiemment attendu est en marche pour venir ; allons à sa rencontre !...

Puis il donne quelques ordres à son intendant.

Aussitôt on voit s'avancer des jeunes filles vêtues de robes blanches, portant dans leurs bras des corbeilles garnies de rubans et de fleurs.

Après elles viennent de jeunes garçons tenant chacun à la main un énorme bouquet.

Ensuite s'avance gravement, appuyé sur sa longue canne à pomme d'or, redressant sa petite taille toute chargée d'embompoint, pour se donner des airs d'importance et de majesté, monsieur le bailli, suivi d'une troupe nombreuse de paysans et de villageoises en habits de fête.

Puis vient le chapelain du château, vénérable vieillard affaibli par l'âge et dont la démarche chancelante a besoin d'un guide et d'un soutien.

Puis, le châtelain et la châtelaine avec leurs deux enfants et tous les serviteurs de leur maison.

Les nobles invités marchent à leur suite.

Le cortège, s'éloignant du château, se déroule lentement sous les vieux ormes de la longue avenue.

Enfin un tourbillon de poussière s'élève à l'horizon.

On entend un piétinement de chevaux ; mais on ne voit rien encore.

Le bruit approche, le vent dissipe les nuages de poussière, et on aperçoit alors, à quelque distance, une brillante cavalcade qui se dirige vers le manoir.

Bientôt on distingue une foule brillante de jeunes et gentils seigneurs, vêtus de riches costumes ; puis des hommes d'armes aux armures pesantes ; puis des chevaliers suivis d'écuyers et de pages qui portent leurs armes et leurs ban-

Imp. Lemercier, Paris.

L'HÔTE DU SEIGNEUR D'ALLONVILLE.

nières ; puis des dames assises sur de blanches haquenées toutes caparaçonnées de riches étoffes.

Les deux cortéges se rencontrent et s'arrêtent; alors celui des nouveaux arrivants s'écarte et livre passage à un seigneur de belle et noble figure, à l'air franc et ouvert, au regard plein de bonté. Son costume se compose d'un pourpoint de satin blanc, de chausses de soie blanche et d'un manteau de velours vert brodé d'or. Il tient à la main sa toque noire surmontée de plumes blanches, et salue tout le monde avec grâce et courtoisie.

A la vue de ce seigneur, un long cri s'élève de toutes parts :

— Vive Henri IV !... Vive le roi de France !

L'hôte du sire d'Allonville n'était autre, en effet, que le *Bon Roi Henri*.

Il y avait trois mois qu'Henri IV était maître de Paris.

Déjà la plus grande partie du royaume avait reconnu son autorité, et le reste était près de se soumettre.

Or, après les soucis et les fatigues de la guerre, le bon roi était en train de voyager et de se distraire; de Chartres, où il se trouvait depuis quelques jours, il avait écrit au sire d'Allonville, un de ses partisans les plus dévoués, un des anciens compagnons de sa mauvaise fortune, qu'il viendrait le visiter dans son manoir.

Le roi avait mis pied à terre. Il releva le sire d'Allonville qui s'était agenouillé devant lui, et l'embrassa avec effusion; puis, appuyé sur son bras, il traversa le cortége d'honneur qu'on avait envoyé au-devant de lui.

S'arrêtant devant le groupe des jeunes filles, Henri IV prit une fleur dans la corbeille de l'une d'elles, et les remercia toutes par un geste gracieux.

Puis vint la harangue du bailli, harangue vingt fois recommencée sans que le pauvre homme pût aller au-delà de la première phrase.

Le bon roi le tira gracieusement d'embarras en lui disant :

— Vous écrirez votre discours, monsieur le bailli, et vous me le remettrez ce soir.

Il s'approcha alors du chapelain et lui glissa dans la main une bourse pleine d'or, en lui disant tout bas :

— Pour les pauvres !...

Puis il entra dans le manoir, acclamé de nouveau par la foule.

La fin de la journée s'écoula en festins et en fêtes splendides, et la nuit était déjà à plus de la moitié de son cours, que les échos du parc retentissaient encore des accents joyeux de la musique qui conviait au plaisir tous les nobles invités du sire d'Allonville.

LES ROSES.

La fête avait duré toute la nuit; elle ne cessa qu'aux premières clartés de l'aurore.

Le seigneur d'Allonville conduisit le roi jusqu'au splendide appartement qui lui avait été préparé.

La retraite du roi fut le signal du départ de tous les invités.

Pendant quelque temps il se fit un grand bruit dans la cour du manoir : au murmure des voix se mêlaient le piétinement des chevaux et le fracas des roues retentissant sur les dalles sonores.

Puis le bruit diminua, s'éloigna comme un lointain écho, et enfin le silence se fit.

Demeuré seul dans sa chambre, Henri avait d'abord songé à prendre quelque repos et s'était jeté tout habillé sur son lit; mais, soit excès de fatigue, soit que son imagination surexcitée lui rappelât tous les souvenirs de la fête charmante à laquelle il venait d'assister, soit même que les graves préoccupations des affaires de l'Etat, un moment écartées par le plaisir, se représentassent plus pressantes à son esprit, le sommeil ne descendit pas sur sa paupière.

— Or ça, se dit le bon roi fatigué d'appeler en vain le repos, ne ferais-je pas mieux, au lieu de rester là à me morfondre, d'aller respirer l'air du matin et de profiter un peu, à cette heure où dorment tous les courtisans, d'une liberté qui semble si peu faite pour les rois!

LES ROSES.

Le roi Henri avait raison. Est-il quelqu'un moins libre qu'un roi? Obsédé à toute heure, entouré, surveillé, vivant en public depuis son lever jusqu'à son coucher, il voit toujours mille regards attachés sur sa personne, épiant ses actions, ses démarches, ses moindres gestes, cherchant même à deviner sur son visage ses impressions et ses pensées les plus secrètes.

Il est vrai que si on a dit « *Heureux comme un roi!* » en pensant aux trésors et à la puissance dont un monarque dispose, personne n'a jamais songé à dire « *Libre comme un roi.* »

Ce qui explique comment un roi de Perse, je ne sais plus lequel, pouvait adresser ces mots à un de ses serviteurs : « *Esclave, tu es plus libre que moi!* » Mais revenons à notre histoire.

Henri ouvrit sa fenêtre, et une bouffée d'air frais et pur, pleine de senteurs odorantes et de suaves parfums, arriva jusqu'à lui; en même temps, perçant les rougeâtres vapeurs de l'aube, un joyeux rayon de soleil pénétra dans sa chambre.

Comment résister à cette douce invitation de la nature?

Henri traversa ses appartements; à la porte, il trouva un garde qui veillait appuyé sur sa pique; d'un geste, il lui commanda le silence; puis, sans être vu de personne, il gagna le parc.

Rien n'est imposant et grandiose comme le spectacle d'une belle matinée d'été : ces murmures confus, cette brise harmonieuse qui joue discrètement à travers le feuillage, ces plantes humides de rosée et comme chargées de perles étincelantes, ces fleurs qui entr'ouvrent leurs calices, ces oiseaux qui sautillent de branche en branche, muets d'abord, et bientôt préludant à leurs mélodieux concerts, ces bourdonnements lointains qui s'élèvent, augmentent, se rapprochent, puis emplissent l'air de toutes parts; cette animation qui peuple la solitude, ce bruit qui remplace le silence, cette activité qui succède au calme et au repos, cette vie enfin qui s'étend et monte rapide, pareille à la vague que le flux chasse impétueuse sur les grèves — c'est le réveil de la nature, c'est la nuit qui s'enfuit, c'est le jour !

Que de simplicité, et, en même temps, que de majestueuse grandeur dans ces divers tableaux ! L'homme qui les contemple sent naître dans son âme mille sensations douces et charmantes; peu à peu, les merveilles de la création élèvent sa pensée vers le créateur, et il s'unit à tout ce qui vit et respire, pour dire à Dieu, avec la nature entière, un hymne de reconnaissance et d'amour.

Sous l'empire de ces émotions, que son cœur noble et généreux était si bien fait pour ressentir et pour comprendre, le bon roi errait dans les immenses solitudes du parc, et, dans une douce rêverie, il oubliait jusqu'aux soucis du trône et du pouvoir.

Il arriva bientôt dans de vastes jardins dont les nombreux parterres, habilement dessinés, étalaient aux regards les fleurs les plus rares et les plus variées.

Au milieu de ces parterres s'étendait en ligne droite une longue et large allée, bordée de chaque côté d'une plate-bande de rosiers.

C'était, à hauteur d'appui, comme une forêt de roses de nuances diverses, ou plutôt comme deux immenses corbeilles réjouissant l'œil par leur parure pleine d'éclat et de fraîcheur.

— Voilà bien, s'écria Henri émerveillé par ce spectacle, les plus belles fleurs du royaume de France !

— Les plus belles fleurs du royaume!... répondit une voix d'enfant; oh ! non; pas celles-là.

Au son de cette voix, Henri, qui se croyait seul, se retourna tout surpris.

Il aperçut alors un jeune enfant d'une douzaine d'années, qui, un panier au bras, une bêche sur l'épaule, sortait du parc par le chemin qu'il venait lui-même de parcourir et s'avançait derrière lui.

Ce jeune enfant, c'était Petit-Jean.

Petit-Jean venait, comme cela avait été convenu la veille, aider aux jardiniers du château ; il arrivait tout joyeux, pensant qu'il pourrait offrir le soir à sa mère le produit de son travail.

A peine Petit-Jean eut-il prononcé les paroles que nous venons de rapporter, répondant ainsi à l'exclamation de l'inconnu qui marchait devant lui, que, tout honteux de sa hardiesse, il rougit jusqu'aux oreilles; il lui prit même envie de s'enfuir lorsqu'il vit Henri se retourner et s'avancer vers lui; mais il n'en eut pas le temps : il se contenta donc de demeurer immobile à la même place, contemplant d'un regard étonné le riche costume de l'étranger.

Au même instant, un troisième personnage arriva sur le lieu de cette scène. C'était le seigneur d'Allonville.

— Ah ! sire, s'écria-t-il du plus loin qu'il aperçut Henri, vous me mettez au désespoir ; n'aurais-je pas dû être le premier levé pour prévenir vos désirs ?

A ce mot de *sire* l'enfant, de rouge qu'il était, devint pâle.

— Consolez-vous, cher comte, répondit Henri, vous êtes le premier levé.

— Après vous, sire.

— Moi ?... fit joyeusement Henri, je ne me suis même pas couché.

— Quoi ! sire ; et vous ne craignez pas la fatigue ?

— Quelques heures de repos, mon cher hôte, ne valent pas la délicieuse promenade que j'ai faite ce matin, et les instants de liberté dont j'ai profité avec d'autant plus de plaisir qu'ils sont plus rares.

Puis il ajouta :

— Savez-vous, comte d'Allonville, que vous avez un parc et des jardins qu'un roi pourrait vous envier. Tenez ! cette allée de rosiers, je n'en ai pas de semblable dans mes domaines, et je n'ai jamais rien vu de si beau. Voilà cependant un petit jardinier qui n'est pas de mon avis.

Et, du doigt, le roi désigna Petit-Jean.

— Qu'a osé dire ce drôle ? s'écria le sire d'Allonville, en s'approchant du pauvre enfant avec un geste de menace.

Petit-Jean, tremblant de frayeur, fit un pas en arrière pour éviter le bras qui s'avançait vers lui.

Mais le roi intervint, s'approcha de l'enfant, et lui frappant amicalement sur la joue :

— Tu connais donc, lui dit-il, des fleurs plus belles que ces roses ?

— Des fleurs plus belles que mes roses !... interrompit le seigneur d'Allonville. Tu as osé dire cela, maraud ? Qui es-tu ? d'où viens-tu ? et comment se fait-il que tu te trouves à cette heure dans le parc ?

— J'étais venu pour aider aux jardiniers du château, balbutia l'enfant en pleurant bien fort.

— Un bel aide, ma foi !

— L'enfant est fort, dit le roi en souriant, et il pourrait se faire que, malgré sa petite taille, il eût du cœur à l'ouvrage.

Petit-Jean jeta sur le roi un regard reconnaissant. Enhardi par l'air de bonté d'Henri, il se remit un peu de son trouble, se tourna vers le sire d'Allonville et lui dit d'un son de voix triste et suppliant :

— Oh ! ne me chassez pas !... j'ai besoin de travailler : mon père et ma mère sont si malheureux !

— Et quels sont tes parents? répliqua le châtelain.

— Pierre Lombut, le meunier, est mon père ; ma mère se nomme Marguerite. Le moulin chôme depuis la guerre, et nous sommes maintenant sans ressources et presque sans pain.

— Pourquoi ton père ne s'est-il pas adressé à moi ?

— Sans doute, il n'a pas osé, monseigneur, reprit l'enfant.

— Il a eu tort. Mais j'aviserai. Toi, va rejoindre mon jardinier ; tu lui diras, de ma part, de payer double le prix de ta journée : tu es un bon fils, et je veux te récompenser.

L'enfant allait s'éloigner, le cœur joyeux et plein d'espérance. Henri l'arrêta d'un geste.

— Ventre saint-gris? je ne le laisserai pas partir comme cela, s'écria le bon roi : il m'a dit qu'il connaissait des fleurs plus belles que ces roses ; je veux qu'il me les montre avant de me quitter.

— Voyons ! parle, dit le sire d'Allonville, quelles sont ces fleurs ?

— Dame ! répondit l'enfant, à qui la confiance était tout à fait revenue, ce n'est pas assez de les nommer, il faudrait vous les faire voir ; mais elles ne sont point ici.

— Est-il nécessaire d'aller bien loin ?

— Oh ! non ; un tout petit quart d'heure de chemin ; mais la rosée est forte ce matin, et je crains que...

Et le regard de l'enfant, s'arrêtant sur les beaux habits et sur l'élégante et mince chaussure du roi et du sire d'Allonville, acheva d'exprimer sa pensée.

— Allons ! marche devant et conduis-nous, s'écria gaiement Henri, et sache bien que si tu as menti, je laisserai le seigneur d'Allonville te tirer rudement les oreilles.

— Et si j'ai dit vrai ?

— Si tu as dit vrai, je te récompenserai.

LES FLEURS DE PETIT-JEAN.

L'enfant se prit à penser à ses parents et murmura tout bas une prière au bon Dieu ; puis il s'en alla par la belle allée de rosiers, suivi de près par le roi et par le seigneur d'Allonville.

Après l'allée des roses, il prit une autre avenue, bordée d'orangers et de myrtes.

— Est-ici ? demanda le roi.

— Non, répondit Petit-Jean.

Et il continua de marcher.

On traversa un grand potager dont les arbres étaient couverts de fruits magnifiques et dont le sol étalait aux regards les produits les plus utiles et les plus beaux.

Henri interrogeait du regard le petit jardinier ; mais celui-ci avançait toujours et montrait l'horizon, comme pour dire que le but vers lequel il se dirigeait était loin encore.

Au bout du potager se trouvait le mur qui formait l'enceinte du parc, puis une porte qui donnait sur la campagne ; Petit-Jean ouvrit cette porte et sortit ; le roi et son hôte le suivirent.

Ils se trouvèrent alors dans une plaine immense, qui s'étendait entre le parc et les bords de la rivière. De cet endroit la vue était magnifique ; aussi loin que le regard pouvait atteindre, il rencontrait une belle et riche culture : ici les seigles jaunissants, fiers déjà de leur haute taille, et ondulant au souffle du vent ; là, les blés, semblant lutter d'émulation avec les seigles leurs voisins, moins hauts de tige, mais plus épais, plus fournis, plus denses, plus vigoureux et plus verts ; plus loin les orges et les avoines, formant à côté du seigle et du blé comme une échelle décroissante de verdure ; puis des prairies, à l'herbe épaisse et touffue, émaillées de marguerites, de renoncules, de nigelles, de coquelicots, puis enfin, pour fermer l'horizon, l'autre rive du Cher, peuplée d'habitations au milieu desquelles se présentait tout d'abord le moulin de Pierre Lombut.

Le roi s'arrêta.

— Voilà un beau pays, dit-il au seigneur d'Allonville; je suis heureux de voir que les traces de la guerre y sont maintenant effacées.

— La terre a retrouvé sa richesse et sa parure, répondit le sire d'Allonville; mais que de pauvres habitants tarderont longtemps encore à réparer les pertes qu'ils ont subies !

— Je ferai pour le mieux, reprit Henri, et j'espère, avec l'aide de Dieu, que la France oubliera bientôt, au sein de la paix et de l'abondance, ses désastres et ses malheurs, tristes fruits des guerres et des discordes civiles !

Au sortir du parc, un étroit sentier s'offrit à nos promeneurs.

Ce sentier s'en allait gaiement, à travers la campagne, formant d'abord mille détours au milieu d'une longue prairie où l'on voyait çà et là de belles génisses foulant l'herbe fleurie qui leur montait jusqu'au poitrail.

Petit-Jean s'engagea dans le sentier.

— C'est une plaisanterie, dit le sire d'Allonville, dont les babouches de velours étaient déjà tout humides de la rosée du matin; il est inutile d'aller plus loin.

— Marchons toujours, reprit le roi; nous en avons trop fait maintenant pour ne pas aller jusqu'au bout. D'ailleurs, je suis curieux de savoir où ce petit paysan va nous conduire.

— Parbleu! il va nous montrer ces petites fleurs blanches, rouges, jaunes, bleues, qui diaprent la verdure, et il prétendra peut-être que, comme elles viennent ici sans soins et sans culture, elles sont préférables à mes roses.

— Je ne le crois pas. Après tout, ce serait une idée de paysan : les champs sont leurs jardins, à eux autres gens de la campagne; et il faut avouer que ces jardins-là ont bien aussi leur mérite et leur beauté.

Mais Petit-Jean passait insensible devant les mille petites fleurs des champs qui se penchaient vers lui, au bord du sentier, et semblaient, par mille coquetteries, solliciter ses regards; je crois même que par fois il repoussait du pied, sans plus s'en soucier, leurs jolies petites têtes toutes chargées de perles brillantes.

Au bout de la prairie, on se trouva en face d'un champ de blé.

— Sommes-nous bientôt arrivés, demanda le sire d'Allonville d'un ton où perçaient l'impatience et la colère.

Cette fois, non-seulement ses babouches, mais ses bas de soie et ses vêtements de satin étaient mouillés par la rosée.

Le bon roi, lui, habitué dès son enfance à toutes les intempéries des saisons, marchait toujours et, sans rien perdre de sa bonne humeur, secouant l'herbe humide qui retombait de chaque côté du sentier.

Petit-Jean s'était arrêté devant le champ de blé.

C'était l'époque où le froment est en fleur.

A l'extrémité de la tige, on voyait sortir, entre deux feuilles, un épillet faible et ténu, annonçant déjà la forme de l'épi dans sa maturité; chaque épillet, composé de mille paillettes supportant de petites barbes velues, formait comme un léger plumet qui frissonnait au moindre souffle de la brise.

Petit-Jean, d'un geste rapide, cueillit quatre de ces épillets; puis, se retournant vers Henri, il mit un genou en terre devant lui, et lui dit :

— Sire, voici les plus belles fleurs du royaume de France!... Les roses sont belles; mais elles passent et il n'en reste rien : tandis que de ces épis en fleur sortira le blé, le blé qui nourrit le peuple, le blé qui est la richesse du laboureur!

Henri, en voyant ces épis que lui tendait Petit-Jean, en écoutant le langage simple et touchant qu'il lui adressait, demeura doucement ému. Il prit les épis, et, faisant signe à l'enfant de se relever :

— Il a raison, dit-il; voici, pour un roi, les plus belles fleurs de son royaume!

Puis il ajouta :

—- Pardonnez-lui, comte; votre allée de rosiers n'en reste pas moins la plus belle qui soit en France.

— Si je lui pardonne! s'écria le sire d'Allonville qui était lui-même ému jusqu'aux larmes; je vais faire mieux que de le dire, je vais le lui prouver.

Et, se tournant respectueusement vers le roi :

— Vous plairait-il, sire, que nous continuassions notre route jusqu'au moulin de Pierre Lombut, le père de cet enfant?

— J'allais vous le proposer. Où est ce moulin?

—- Tout près d'ici, de l'autre côté de la rivière, s'écria Petit-Jean, ivre de joie.

— Mais tu ne comptes pas, sans doute, nous faire traverser le Cher à la nage?

— Il y a une barque amarrée au bout du sentier.

— Allons ! dit le roi. D'autant que nous avons besoin de sécher nos habits et de nous réchauffer un peu.

Et Petit-Jean courut tout joyeux vers la nacelle.

LE ROI CHEZ LE MEUNIER.

Pierre Lombut et Marguerite causaient tristement devant l'entrée du moulin, à l'endroit où nous les avons laissés au commencement de cette histoire.

-- Pauvre Petit-Jean ! disait la mère, il travaille maintenant. Pourvu qu'on ne lui ait pas donné une tâche trop rude.

— Rassure-toi, Marguerite, Petit-Jean est robuste : d'ailleurs le jardinier du château est un brave homme ; il a lui-même des enfants, et il aura traité le nôtre suivant son âge.

— C'est égal ! je ne pourrais m'habituer à être ainsi séparée de lui !

Et Marguerite essuya une larme.

En ce moment, un bruit de voix qui venait de l'autre côté de la rivière attira l'attention des deux époux.

Parmi ces voix, ils ont cru reconnaître celle de Petit-Jean.

Ils se lèvent et s'approchent de la rive.

Ils aperçoivent alors la barque qui se dirige vers le moulin.

— C'est bien lui ! dit la mère. Mais il n'est pas seul. Quelles sont les deux personnes qui l'accompagnent ?

— A en juger par leurs beaux habits, répond Pierre, ce doit être de riches seigneurs... Mais je ne me trompe pas... Celui qui est debout c'est le comte d'Allonville.

— Je l'ai reconnu en même temps que toi ; mais cet autre seigneur qui est assis et à qui le sire d'Allonville semble parler avec tant de respect, le connais-tu ?

— Attends donc !... Il me semble que j'ai déjà vu sa figure... Te souvient-il de cette image que nous avons achetée à un marchand colporteur ?

— Et qui représentait *le Béarnais* terrassant la Ligue figurée par un serpent à plusieurs têtes...

— Eh bien ! ce personnage ressemble....

— *Au Béarnais?*

— Mais oui.

— Grand dieu ! tu as raison, Pierre; je crois que c'est...

Marguerite n'eut pas le temps d'achever : la barque s'était approchée du rivage.

Petit-Jean avait aperçu ses parents; sa voix s'éleva vibrante et joyeuse.

— Mon père, ma mère, s'écria-t-il, réjouissez-vous : voici le roi notre sire qui vient vous visiter.

La barque toucha la rive. Petit-Jean sauta le premier et aida le roi et le sire d'Allonville à prendre terre.

Quant à Pierre et à Marguerite, leur étonnement était tel, qu'ils étaient restés immobiles à la place qu'ils occupaient.

— C'est le roi, le roi Henri !... s'écria de nouveau Petit-Jean, en s'élançant vers eux.

Puis les prenant l'un et l'autre par la main il les conduisit vers le roi.

— Bonnes gens, dit Henri, votre fils est cause que le comte d'Allonville et moi, nous avons un peu mouillé nos habits à la rosée du matin; voulez-vous nous accorder l'hospitalité dans votre moulin? Quelques branches de bois sec jetées dans l'âtre nous feront grand bien.

— Cher sire, répondit Pierre Lombut, le moulin et ses pauvres habitants sont à vous et à votre service.

Ce fut tout ce que le pauvre homme put dire, tant il était ému et interdit.

On s'achemina vers le moulin.

Marguerite et Petit-Jean avaient pris les devants.

Un feu clair et brillant flambait dans l'âtre quand le roi et le sire d'Allonville entrèrent dans la pièce principale du moulin.

Cette pièce, c'est la chambre de Pierre et de Marguerite : tout y est net et reluisant; tout y annonce l'ordre et la propreté, ce luxe de l'artisan; les murs sont blanchis à la chaux; sur le plancher de sapin, savonné chaque jour, l'œil chercherait en vain la moindre tache.

Une grande table, autour de laquelle sont rangés plusieurs escabeaux, occupe le milieu de la pièce. Dans la partie la plus apparente, en face de la porte d'entrée, on voit un dressoir de chêne; la vaisselle des jours de fête y étale avec orgueil ses couleurs vives et reluisantes.

Puis, dans l'alcôve, on aperçoit un lit, avec sa courte-pointe et ses rideaux d'une éblouissante blancheur.

Comme on doit bien se reposer dans ce lit après une journée de rude labeur! Comment le sommeil ne viendrait-il pas, quand la voix intérieure de la conscience est douce à entendre et n'élève aucune de ces plaintes qui troublent le repos et tiennent l'âme éveillée malgré les fatigues du corps!

C'est ce que disait le roi Henri en promenant ses regards sur ce simple et modeste asile.

Cependant, Marguerite, avec l'aide de Petit-Jean, avait couvert la table d'une nappe blanche; elle avait apporté une grande jatte de lait et une miche de pain blanc.

Pendant ce temps, Henri et le comte d'Allonville, assis près de la large cheminée, avaient causé avec le meunier et l'avaient interrogé sur sa situation et sur ses malheurs.

— Allons! dit le roi, voyant toute la peine que se donnait Marguerite, faisons honneur à nos hôtes.

— Pierre Lombut n'en pouvait croire ses yeux : le roi chez lui!... le roi assis à sa table!... Il croyait être le jouet d'un rêve.

Petit-Jean, lui, allait, venait, alerte et joyeux, et servait le roi avec toute l'adresse et toute la dextérité d'un page.

Le bon roi trouva le lait exquis, le pain cuit à point, et déclara que, de sa vie, il n'avait fait un meilleur repas.

Puis il se leva pour partir, laissant sur la table une bourse pleine d'or.

Le meunier, sa femme et Petit-Jean s'étaient précipités à ses pieds; ils baisaient ses mains et les arrosaient de larmes de reconnaissance et de joie.

— Mes amis, dit le roi, soyez heureux désormais; souvenez-vous de moi et aimez-moi toujours. Ah! que ne puis-je connaître et soulager ainsi toutes les misères de mon peuple!... Mais le temps viendra, si Dieu me prête vie, où les malheurs de la guerre seront réparés et oubliés, et où j'aurai donné aux pauvres habitants des campagnes plus de paix, de prospérité et de bonheur qu'ils n'en ont jamais goûté !... Adieu, mes amis !.. Et toi, Petit-Jean, sois toujours un bon fils, jusqu'à ce que tu sois un homme et un bon travailleur.

— Moi, s'écria Petit-Jean, je serai soldat !

— Et pourquoi ?

— Pour vous servir, sire, et pour mourir, au besoin, pour un aussi bon roi !

— Reste au moulin, mon enfant; restes-y pour ta mère : car les mères pleurent quand les fils sont soldats !

Et le roi, suivi du comte d'Allonville, s'éloigna après avoir prononcé ces paroles.

Tout, au moulin de maître Pierre, avait repris l'aspect d'autrefois.

Le moulin était réparé.

Comme la moisson était faite et battue, les deux roues tournaient jour et nuit, sans autre repos que celui du dimanche.

Les garçons meuniers étaient revenus avec l'ouvrage.

Pierre, aidé de Petit-Jean et de ses garçons, ne savait à qui répondre tant la presse était grande.

Les roues avaient beau tourner, les sacs de grain qui arrivaient au moulin étaient plus nombreux que les sacs de farine qui en sortaient.

Or, par une belle journée du mois d'octobre, le blé craquait sous les meules, les garçons travaillaient en chantant, Pierre et Petit-Jean se reposaient un instant en causant avec Marguerite qui filait son rouet devant la porte, quand on vit se diriger vers le moulin un beau page monté sur un cheval richement harnaché.

— Est-ce ici, demanda le page, le moulin de Pierre Lombut ?

— C'est bien le moulin, et j'en suis le meunier, répondit Pierre.

— Alors, c'est ici que demeure Petit-Jean ?

Petit-Jean s'avança.

— Voici, lui dit le page, quatre épis que le roi Henri IV m'a chargé de vous remettre.

Et il s'éloigna, laissant aux mains de Petit-Jean quatre beaux épis d'or massif.

C'est en souvenir de ce présent du roi Henri que le moulin de maître Pierre s'appela *le Moulin des Quatre-Epis*.

Depuis, il a toujours gardé ce nom.

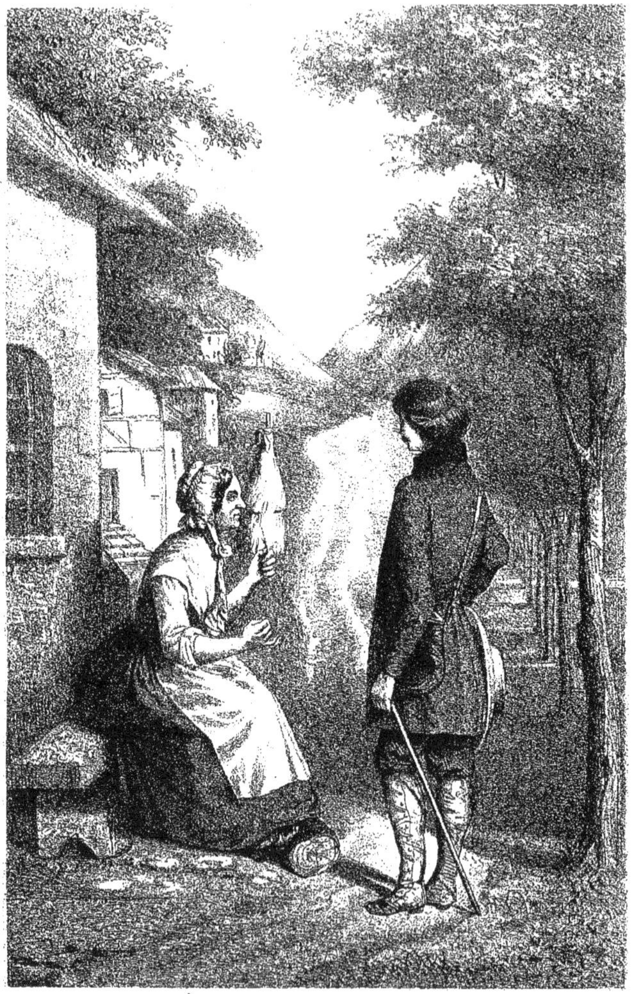

Imp. Lemercier, Paris.

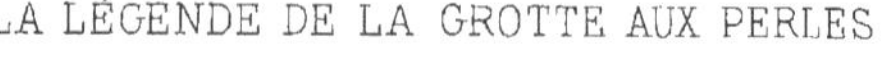

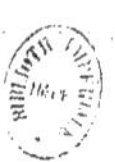

LA LÉGENDE DE LA GROTTE AUX PERLES.

LA LÉGENDE

LA GROTTE AUX PERLES

L'AUBERGE DE SASSENAGE.

A une lieue de Grenoble, au bord de cette route si belle et si pittoresque qui suit le cours sinueux de l'Isère, on trouve le bourg de Sassenage, doublement célèbre par des fromages exquis et renommés, et par des grottes à stalactites fort curieuses.

Attiré par la réputation de ces grottes, je partis un matin de Grenoble pour aller les visiter. Une heure de marche devait me suffire pour atteindre le bourg; mais la route était si belle et si pittoresque, le paysage si grandiose et si varié, que le soleil était déjà presque à la moitié de sa course lorsque j'atteignis les premières maisons de Sassenage.

Je cherchais des yeux, à l'entrée du bourg, une auberge où je pusse me reposer quelques instants et faire un modeste repas avant de monter aux grottes; mais j'avais beau errer de côté et d'autre, et interroger du regard toutes les chaumières; je n'apercevais pas la moindre enseigne, pas le plus petit écriteau, pas même une branche de sapin qui annonçât une auberge.

rendait au digne magistrat. Elle ne regardait personne et passait raide et droite au milieu du bourg, sans jamais faire attention au pauvre monde.

Toute autre que Geneviève aurait remercié le ciel de l'avoir fait naître fille d'un bailli, dans une bonne et honorable position, n'ayant pas besoin de travailler d'un bout de l'année à l'autre pour gagner le pain de chaque jour ; toute autre aurait émietté un peu de son bien-être autour d'elle, pour se faire aimer en même temps des pauvres et du bon Dieu : mais Geneviève avait le cœur aussi dur et aussi sec que l'âme vaine et orgueilleuse ; sans cesse occupée d'elle-même, elle n'avait d'autre souci que de se composer chaque jour des parures nouvelles, d'autre occupation que de les essayer devant son miroir.

— C'était une jeune fille qui n'avait plus de mère, dis-je en interrompant la bonne vieille.

— C'est vrai ! ce que vous dites-là, Monsieur. Mais je continue mon récit.

Souvent Geneviève allait à la ville avec son père ; souvent aussi elle l'accompagnait dans quelque château du voisinage. Oh ! comme elle enviait alors ces belles demeures, ces meubles précieux, ces riches tapisseries ! Comme elle était jalouse des nobles châtelaines ! Puis, au retour, elle passait les jours et les nuits à former mille projets insensés, se prenant à rêver que, quelque jour, un jeune et puissant seigneur, épris de sa beauté, viendrait déposer à ses pieds sa fortune et son nom. Mais le seigneur n'arrivait pas, et, en attendant, l'orgueilleuse Geneviève refusait, au grand désespoir de son père, tous les bons et solides partis qui se présentaient, et allait bientôt atteindre ses vingt ans.

Or, un jour que Geneviève s'en était allée se promener seule dans la montagne, et qu'elle errait près de la source du Furon, elle vit venir vers elle, par le sentier, un jeune homme de belle taille et de bonne mine, dont le costume annonçait un riche gentilhomme.

Le jeune seigneur salua Geneviève, et celle-ci, au lieu de répondre à son salut modestement et en baissant les yeux, et de passer au plus vite son chemin, comme le doit faire toute jeune fille sage et bien apprise, s'arrêta à regarder l'inconnu, et lui fit sa plus belle révérence. — S'il se fut agi d'un pauvre manant, elle aurait bien vite détourné les yeux.

LE RÉCIT DE LA MÈRE JEANNE.

Or, — voyez comme il faut se défier des apparences ! — ce beau seigneur avec sa mine fière, avec son riche costume de satin et de velours, avec son chapeau galonné d'or et tout couvert de plumes, n'était autre que... Satan ! le diable en personne !.... Il avait pris ce déguisement pour tenter l'orgueilleuse jeune fille. Il lui dit de sa plus douce voix :

— N'est-ce pas dans ce pays, ma gentille enfant, que demeure la belle Geneviève, la fille du bailli de Sassenage ?

Geneviève rougit jusqu'aux oreilles ; elle était si fière et si heureuse qu'un jeune seigneur s'informât d'elle, qu'elle fut sur le point de s'écrier : « C'est moi qui suis Geneviève ; » mais elle se retint cependant et se contenta de répondre :

— C'est bien dans ce pays, monseigneur.

— Je souhaite qu'elle vous ressemble. Si elle a vos beaux yeux, votre fine taille et vos pieds mignons, je la demanderai en mariage à son père ; pourvu toutefois que celui-ci puisse lui donner une bonne dot ;... car je me suis ruiné à la cour, et si je prends une femme qui ne soit pas de noble race, je prétends au moins qu'elle m'enrichisse.

Cette fois Geneviève ne se montra pas aussi empressée de répondre ; elle pâlit, un soupir s'échappa de sa poitrine et une larme de dépit vint rouler au bord de sa paupière. Sans doute elle oublia en ce moment le bon Dieu et les saints, et forma un de ces souhaits impies qui font remonter dans le ciel l'ange protecteur qui veille sur nous ; sans doute, poussée par l'orgueil et l'ambition, elle osa appeler l'enfer à son aide : car un sourire de joie cruelle passa sur le visage du jeune seigneur.

Puis celui-ci, ou Satan, si vous l'aimez mieux, après avoir salué Geneviève, s'enfonça à grands pas dans le sentier couvert qui mène au village.

Une heure après, Geneviève était de retour à la maison du bailli. Son premier soin fut d'aller trouver son père et de lui demander s'il n'avait pas reçu, quelques instants auparavant, la visite d'un jeune seigneur.

— Non, répondit le bailli ; je n'ai vu que le fils de l'intendant du comte de Graisivaudan, qui est venu me prier de lui donner une réponse définitive.

— Et vous lui avez répondu, mon père, que je ne voulais pas, que je ne voudrais jamais.....

— Je lui ai dit, au contraire, que ce mariage comblerait le plus cher de mes vœux, et que j'espérais bientôt l'y décider. Mais, à propos, que me voulait-il donc ce jeune seigneur ?

— Vous demander ma main, mon père.

— Il est assez singulier que tu en aies été instruite avant moi.

— Je…. l'ai su…. par…. Catherine…., balbutia la jeune fille, en s'arrêtant à chaque mot, pour avoir le temps de trouver une réponse à peu près satisfaisante.

— Tu lui as donc parlé aujourd'hui à Catherine ? Tu ne vois pas qu'elle aura voulu se moquer de toi et se venger de la fierté avec laquelle tu la traites d'ordinaire, en te faisant ce conte à dormir debout ? Es-tu folle, maintenant, pour aller te mettre en tête de pareilles idées ?… Va, ma fille, épouse un bon bourgeois ; car, pour qu'un gentilhomme vienne te demander en mariage, il faudrait que tu aies trouvé l'entrée de la caverne des Sarrasins.

Et le bonhomme s'en alla, en riant de cette plaisanterie.

Quant à Geneviève, elle fut si peu convaincue par les paroles de son père, qu'elle se mit à la fenêtre pour voir si elle n'apercevrait pas le jeune seigneur.

L'heure se passait et il ne venait pas. Geneviève descendit sur le seuil de la porte ; puis elle gagna la rue, puis le milieu du village ; puis enfin, sans se rendre compte de ce qu'elle faisait, et comme poussée par une main invisible, elle se retrouva dans la montagne, près de la source du Furon, à l'endroit même où elle avait rencontré l'inconnu.

Lorsqu'elle y arriva, le jour était déjà à son déclin. Elle ne s'aperçut pas que la nuit était proche, et qu'un violent orage, chassant devant lui de gros nuages noirs, menaçait de s'étendre sur la montagne.

Cependant, au lieu d'un jeune homme, c'est un vieillard à l'aspect étrange qui s'offre aux regards de Geneviève : une épaisse barbe blanche descend jusque sur sa poitrine ; une large robe compose son vêtement ; il est coiffé d'un turban surmonté d'une aigrette.

A la vue de cet étranger, Geneviève est saisie de frayeur ; elle veut fuir, mais le regard du vieillard lui inspire tant de terreur, qu'elle ne peut trouver la force de s'échapper.

— Jeune fille, lui dit celui-ci, je sais tout ce qui vient de t'arriver. Il ne tient qu'à toi de devenir la femme d'un seigneur; tu pourras même choisir entre tous les nobles prétendants qui viendront en foule se disputer ta main : car demain, si tu le veux, tu seras la plus riche héritière de la province, et tu auras une dot que la reine de France elle-même ne saurait apporter à son royal époux.

Geneviève frissonnait sous le regard ardent du vieillard; cependant l'orgueil parlait encore plus haut que la frayeur dans le fond de son âme.

A ce moment, la nuit devenait sombre et épaisse; de larges gouttes de pluie commençaient à tomber, les éclairs déchiraient la nue, et le tonnerre faisait entendre de terribles roulements auxquels répondaient à leur tour les échos de la montagne.

— Eh bien, jeune fille, que dis-tu de ce que je te propose? Veux-tu que je comble tes désirs?... Tu ne réponds pas!...

Geneviève tremblait de tous ses membres; ses dents claquaient comme sous l'influence de la fièvre. Cependant elle fit un effort violent. Elle allait répondre.... quand elle crut voir se dresser, derrière le vieillard, une forme vague et indécise qui étendait les bras vers elle, comme pour la supplier de ne pas se laisser séduire par les paroles du tentateur.

Etait-ce sa mère?... était-ce son ange gardien?...

La parole expira sur les lèvres de Geneviève.

— Eh bien! tu restes muette, ajouta le vieillard! Ne te souviens-tu pas que tu m'as appelé ce matin dans le fond de ton cœur?... Mais tu doutes peut-être de la réalité de mes promesses!... Tiens! regarde : tu vas voir apparaître devant tes yeux toutes les richesses des Sarrasins, ces trésors qui dorment depuis des siècles dans la montagne!

Le vieillard étendit la main vers un roc énorme dont la base présentait une large anfractuosité. Soudain l'orage redoubla, le vent souffla avec violence, le tonnerre mugit avec fracas, et, à la lueur des éclairs qui se succédaient sans interruption et projetaient une clarté semblable à celle d'un vaste incendie, Geneviève vit le spectacle le plus extraordinaire que des yeux mortels aient pu jamais contempler. Les parois du rocher s'écartèrent, formant une ouverture considérable, et une grotte apparut aux regards de Geneviève. C'était comme une salle immense dont les murs étaient tapissés d'un feuillage d'or et d'argent ; des colonnes d'or massif soutenaient la voûte, à laquelle étaient suspendus des lustres formés de diamants et de pierreries dont l'œil ne pouvait soutenir l'éclat. Mais ce qu'il y avait de plus remarquable, c'était que le sol de la grotte était couvert de perles fines à plus de deux pieds de hauteur ; il y en avait là plus que n'en contient le fond de la mer.

— Tu vois toutes ces richesses, dit le vieillard. Personne n'a jamais pu trouver le lieu qui les renferme. Eh bien ! moi, je t'indiquerai l'entrée de cette demeure souterraine, où seule tu pourras puiser au gré de tes désirs..... mais à une condition, c'est que tu vas à l'instant même me signer cet écrit.

Et le vieillard, — ou plutôt Satan, — tendit d'une main un parchemin à Geneviève, tandis qu'il lui présentait de l'autre une plume pour signer.

Geneviève, fascinée par le spectacle qui étincelait sous ses yeux, étendait la main pour prendre la plume ; elle allait signer l'écrit sans même le lire, l'imprudente !... quand la même vision qui lui était déjà apparue se montra de nouveau à ses yeux. Cette fois, elle crut reconnaître sa mère, telle qu'elle l'avait vue à son dernier jour !... En même temps, une voix triste et plaintive, se mêlant au souffle du vent, soupira ces mots à son oreille :

— Geneviève !... ton âme ? ton âme ?...

Geneviève pensa à sa mère ; son cœur se rouvrit à tous les doux souvenirs de son enfance ; elle comprit alors !.., et reculant d'horreur, elle détourna les yeux de la tentation et du tentateur, pour les reporter vers le ciel ; puis elle fit le signe de la croix et murmura les noms bénis de Jésus et de Marie.

Soudain le vieillard disparut dans un tourbillon de flamme et de fumée, les splendeurs de la grotte s'éteignirent, et Geneviève crut entendre la voix de son père qui l'appelait dans la montagne.

Alors elle s'évanouit.

J'abrégerai la fin de l'histoire.

On crut que Geneviève allait devenir folle. Longtemps elle fut en proie à une fièvre ardente, prononçant dans son délire les paroles les plus étranges.

Cependant le bailli, en se rendant le lendemain à l'endroit où il avait trouvé sa fille mourante et glacée, aperçut à quelques pas de lui une large ouverture qui donnait accès dans une grotte immense. Seulement

Dieu n'avait pas voulu que Satan tentât de nouveau les hommes par l'appât des richesses que renfermait la caverne : l'or, l'argent, les diamants, les pier-reries, les perles fines, tout cela s'était changé en un cristal pur et brillant.

Lorsque Geneviève fut revenue à la vie et à la raison, elle demanda le curé de Sassenage, et, devant son père, elle lui fit le récit de l'horrible vision qu'elle avait eue.

Les uns disent, pour finir l'histoire, que, renonçant à jamais au monde, Geneviève entra dans un couvent où elle termina ses jours, laissant après elle une grande réputation de sainteté.

D'autres prétendent que, docile à la volonté de son père, elle épousa le fils de l'intendant du comte de Graisivaudan, et que, humble et modeste, affable et bonne envers tout le monde, soumise à son mari, elle donna l'exemple de toutes les vertus domestiques et devint dans le pays le modèle des épouses et des mères.

— Telle est la légende de la *Grotte aux Perles*, me dit la bonne vieille.

Elle avait fini en même temps sa quenouille et son récit.

Au même instant un robuste garçon, à l'air honnête et joyeux, vint nous re-trouver sous la tonnelle.

C'était le fils de la mère Jeanne, le guide qui devait me conduire aux grottes.

LES GROTTES.

Je vais maintenant, mes jeunes lecteurs, vous raconter en quelques mots mon excursion aux *grottes de Sassenage*.

Cela m'amène tout naturellement à vous expliquer ce que l'on entend par *stalactites* et *stalagmites*.

Dans certaines grottes, des eaux chargées de matières calcaires (c'est-à-dire qui contiennent de la chaux) filtrent à travers les voûtes. Ces eaux dépo-sent, en suintant goutte à goutte, les substances pierreuses dont elles sont imprégnées; celles-ci deviennent solides, s'augmentent peu à peu et se suspendent aux voûtes et aux parois des grottes en prenant les formes les plus diverses et les plus singulières : tantôt elles figurent d'énormes masses, les unes arrondies, les autres hérissées de pointes; tantôt elles se montrent sous l'apparence de grappes, de festons, de clochetons et d'aigrettes, d'arbres aux mille branches, de lances longues et aiguës, de colonnes étroites et pressées, tombant jusqu'à terre et disposées comme des tuyaux d'orgues.

C'est ce qu'on appelle des *stalactites*.

Mais toutes les gouttes d'eau qui suintent ainsi le long des voûtes et des parois ne s'arrêtent pas et ne se solidifient pas dans leur course; quelques-unes tombent sur le sol et y forment d'abord une croûte épaisse, puis bientôt une sorte de végétation minérale, capricieuse et fantastique, représentant des plantes, des arbustes, des fougères, des herbes marines, et imitant enfin les formes les plus variées de la végétation naturelle.

Ce sont là les *stalagmites*.

Comme on le voit, les stalactites et les stalagmites sont composées des mêmes substances et ne diffèrent entre elles que par l'apparence, et parce que les unes s'attachent aux voûtes et aux parois, tandis que les autres couvrent le sol.

Il y a en France beaucoup de grottes à stalactites.

Les plus célèbres sont celles de la *Grande-Baume* et d'*Arselles*, dans le département du Doubs; d'*Arcy-sur-Cure* près de Vermanton, dans l'Yonne; de *Notre-Dame de la Balme* et de *Sassenage*, dans l'Isère.

Mais la plus belle grotte à stalactites et à stalagmites qui existe est sans contredit celle de l'île d'*Anti-Paros*, dans l'Archipel.

Quittons ce langage un peu sérieux et revenons à mon excursion aux grottes de Sassenage.

Je suivis mon guide, et, tout en causant, nous traversâmes le bourg; arrivés à l'extrémité, nous prîmes un sentier étroit, rapide, presque à pic, taillé à vif dans le rocher. J'avais toutes les peines du monde à gravir cette rude montée, et plus d'une fois mon guide, qui grimpait comme un chat le long des parois du roc et riait de mon inexpérience, fut obligé de revenir sur ses pas et de me tendre une main secourable.

Enfin nous arrivâmes au pied d'un rocher perpendiculaire, sur le devant duquel s'étendait une large ouverture.

— Voici l'entrée des grottes, me dit mon guide ; fermez les yeux et laissez-vous conduire : sans cela, vos regards, passant subitement de l'éclat du jour et du soleil à une demi-obscurité, ne distingueraient plus rien dans l'intérieur.

Je pris la main qu'il me tendait et je fermai les yeux ; quand je les rouvris, je me trouvai au milieu d'une grande salle de forme carrée, éclairée par une faible lueur aux reflets bleuâtres. D'abord, je ne vis que des masses confuses ; mais bientôt mes yeux s'habituèrent à l'obscurité et je commençai à distinguer les merveilles qui m'entouraient : colonnes sveltes et élancées se joignant par des espèces d'arceaux gothiques ; groupes de cristaux d'un blanc mat, suspendus à la voûte comme des lustres ; puis, le long des parois, toutes sortes de capricieuses arabesques, se croisant, s'enlaçant et formant mille ornements variés et gracieux.

Ce fut bien autre chose encore, quand mon guide, m'entraînant plus avant dans la grotte, alluma la torche de résine dont il s'était muni. Un spectacle magique s'offrit à mes yeux : tous ces cristaux divers, reflétant et renvoyant la lumière de la torche, formèrent tout à coup l'illumination la plus splendide qu'on puisse imaginer.

Je me croyais dans un de ces palais enchantés où les contes de fées et les légendes d'autrefois transportent nos imaginations charmées. Le sol lui-même sur lequel je marchais semblait semé de diamants, de perles et de rubis.

— Voici, sans doute, dis-je à mon guide, la salle souterraine qui a donné lieu à la légende de la Grotte aux Perles ?

— Ah ! ma mère vous a raconté cette histoire ?

— Sans doute, et je l'ai écoutée avec le plus grand plaisir.

— Mais vous n'y croyez pas ?...

Je crois, lui dis je, que le spectacle merveilleux de cette grotte, et quelque histoire bien simple, augmentée et embellie en se transmettant de bouche en bouche, ont donné naissance à cette légende.

Je vis que ma réponse et mon incrédulité ne satisfaisaient mon guide qu'à demi. Il s'éloigna sans ajouter un mot et me conduisit plus avant encore dans l'intérieur de la grotte.

Bientôt j'entendis un sourd gémissement. Inquiet, je m'arrêtai et je prêtai l'oreille. Mon guide avançait toujours ; je le suivis. Le bruit augmentait à mesure que nous marchions et je cherchais à en deviner la cause, lorsque j'aperçus, à la lueur de la torche, une sorte de rivière qui roulait à quelques pas de moi son onde blanche d'écume.

En avançant encore, je vis, à l'extrémité de la grotte, trois sources abondantes qui jaillissaient des parois du roc et retombaient en cascade au milieu d'un vaste bassin.

L'eau de cette cascade se jette dans le Furon, dont elle grossit le cours.

Il ne restait plus rien à voir. Nous revînmes sur nos pas et nous sortîmes de la grotte.

Non loin de l'entrée, au bord du Furon, nous trouvâmes une jeune fille endormie ; elle était appuyée contre le rocher ; auprès d'elle était une cruche de grès qu'elle était venue remplir.

— C'est sans doute, dis-je à mon guide, la belle *Geneviève,* la fille du bailli de Sassenage, que le sommeil aura surprise au moment où elle cherchait à retrouver l'entrée de la *Grotte aux Perles.*

— C'est ma fiancée, me répondit mon guide en devenant rouge jusqu'aux oreilles.

— Je ne puis, repris-je, comme l'homme au turban, lui offrir les richesses des Sarrasins ; mais je veux cependant ajouter quelque chose à sa dot.

Je déchirai un feuillet de mon album et j'en enveloppai une petite pièce d'or que je déposai avec précaution dans la main de la jeune fille toujours endormie.

Mais auparavant j'avais pris soin de tracer ces mots dans l'intérieur du papier :

« Vous qui connaissez la Légende de la Grotte aux Perles, n'oubliez jamais
« que la coquetterie et l'orgueil ont des suites tristes et funestes. La jeune fille
« humble et modeste, au contraire, est bénie de Dieu et estimée des hommes ;
« plus tard elle apporte l'ordre, la paix et la joie au foyer de son époux, et ses
« douces vertus sont l'ornement de sa maison et l'exemple de sa jeune famille. »

Imp. Lemercier, Paris.

L'HERBE D'OR.

L'HERBE D'OR

UNE VEILLÉE BRETONNE.

Ceci est une légende bretonne, une vraie légende que j'ai entendue pendant la veillée, de la bouche même d'un de ces conteurs bretons, poëtes sans le savoir, à l'œil ardent, à la parole naïve et éloquente à la fois, au geste noble et énergique, d'un de ces *discrevellers*, comme on les appelle dans le langage du pays, dont le nombre diminue de jour en jour et dont la race disparaîtra bientôt.

Toutes ces traditions d'autrefois, si charmantes, si pleines d'intérêt et qui peignaient si bien les mœurs et le caractère des populations où elles avaient pris naissance, ne se rediront plus de bouche en bouche, passant ainsi d'une génération à l'autre, et gardées pieusement dans la mémoire des hommes. C'est à peine si on en retrouvera quelques-unes éparses et recueillies çà et là dans des livres.

Que celle ci du moins soit sauvée de l'oubli, et que mes jeunes lecteurs en conservent le souvenir !

J'ignore si d'autres l'ont contée avant moi. Dans tous les cas, ces sortes de récits, si le fond en est parfois le même, varient à l'infini dans la forme et dans les détails, suivant les pays et au gré de l'imagination des *discrevellers*, qui, en conservant l'idée première de la tradition, l'ornent et l'augmentent à l'envi, et la transforment pour ainsi dire.

———

C'était par une de ces longues veillées d'hiver où l'on se groupe autour de l'âtre. Mille bruits plaintifs venaient du dehors ; le vent soufflait tristement dans les grands arbres et secouait les portes et les volets, comme si la bise eût cherché à pénétrer dans l'intérieur de la chaumière.

Les femmes filaient le lin et l'étoupe ou étiraient le chanvre ; les hommes, assis silencieusement sous le manteau de la vaste cheminée, regardaient la fumée qui s'échappait en spirales légères de leurs pipes noircies.

Le paysan breton est généralement morne et triste. Il est sobre, à la veillée, de ces mille propos que l'on entend d'ordinaire dans les campagnes qui avoisinent nos grandes villes, de ces discours où l'on se raille de tout et de tout le monde, et souvent du bon Dieu aussi bien que du prochain.

On avait parlé d'abord de la moisson dernière, de l'automne qui avait été trop pluvieux, de l'hiver qui s'annonçait rigoureux et froid ; puis on s'était tu.

Tout à coup la porte fut violemment ébranlée par trois coups qui se succédèrent à intervalles égaux.

— Quel est le chrétien qui se trouve dehors à pareille heure ? s'écria le fermier ; je ne connais que Pennevez, le colporteur, qui soit capable de traverser les Landes par une nuit semblable, sans craindre ni les fées ni les *korigans*, ces nains plus malins et plus subtils encore que les fées.

Un petit garçon s'était levé et était allé tirer le loqueteau qui fermait la porte.

Un homme entra ; il était grand et robuste ; une balle de colporteur était attachée à ses larges épaules.

C'était Pennevez.

Une exclamation joyeuse accueillit son arrivée.

C'est que Pennevez, en même temps qu'il avait les plus beaux mouchoirs à carreaux bleus, blancs et rouges, les plus belles robes d'indienne, le drap le plus fin, les dentelles les plus riches, c'est que Pennevez, dis-je, était, en outre,

le plus amusant et le plus instruit de tous les *discrevellers,* celui qui savait
le plus de légendes et de récits et celui qui contait le mieux.

Chacun l'aida à décharger sa balle, et tandis que, sans plus de façon, les
femmes, coquettes et curieuses, débouclaient les courroies, ouvraient la malle
couverte de peau de chèvre, et étalaient sur la table tout son contenu, les
hommes se serrèrent auprès du foyer et laissèrent la meilleure place à
Pennevez.

Je dis la meilleure place, après la mienne, du moins : car j'étais un étranger,
c'est-à-dire un hôte.

Le fermier s'était hâté de jeter dans l'âtre une nouvelle bourrée de bruyère
sèche. Une flamme vive jaillit bientôt et éclaira toute cette scène de mille
lueurs fantastiques.

Pennevez avait besoin de la chaleur bienfaisante du foyer; ses habits étaient
ruisselants d'eau et adhéraient étroitement à son corps.

Je remarquai la physionomie intelligente de cet homme, son regard auda-
cieux et fier. Il portait le costume si pittoresque du pays de Vannes : la culotte
de toile bise flottante sur le genou, serrée à la taille par une ceinture rouge;
la veste marron à boutons de corne; puis une sorte de chapeau à bords larges
et un peu relevés.

L'arrivée du colporteur semblait avoir animé tous les cœurs et tous les
visages.

Quand Pennevez eut bien séché ses membres et ses habits; quand on lui eut
offert la galette de blé noir et la boisson de corme; quand les femmes eurent
enfin fait leur choix, après s'être longtemps passé de main en main toutes les
richesses que contenait la balle, une voix s'éleva.

C'était celle du maître du logis.

— Tu devrais bien nous faire quelque récit, Pennevez; voici un monsieur
de la grande ville qui serait peut-être bien aise d'entendre le plus beau *discreveller* de tout le pays de Vannes.

Je joignis mes instances à celles du fermier.

Tous ceux qui étaient présents, les hommes, les femmes et jusqu'aux
enfants se mirent à crier d'une commune voix :

— Une histoire, Pennevez, une histoire !

Le colporteur s'inclina, et, se tournant de mon côté :

— Puisque monsieur désire entendre un de nos récits bretons, dit-il, je vais vous dire, chères gens, *la Légende de l'Herbe d'Or.*

LA LÉGENDE DU DISCREVELLER

GUÉRONNICK.

C'était, il y a bien longtemps, bien longtemps, à une époque où le plus gros chêne de Plouarnel, dont deux hommes se tenant par la main peuvent à peine embrasser le tronc, n'était peut-être pas plus haut qu'un des genêts de la Lande.

Dans ce temps-là les plaines qui s'étendaient entre Hennebon et la mer, et où l'on ne trouverait pas maintenant, en marchant une demi-journée, assez d'herbe pour la pâture d'un mouton, — étaient fertiles et bien cultivées, et produisaient plus d'orge et plus de blé noir qu'on n'en saurait trouver aujourd'hui dans le pays de Léon, qui est, comme chacun le sait, le pays le plus riche de la Bretagne.

Il y avait donc là plusieurs grosses fermes, bien bâties, bien pourvues de bras et d'outils, avec de nombreux attelages et des troupeaux gras et beaux à faire envie.

Un des fermiers, le plus riche de tous peut-être, s'appelait Guéronnick ; c'était un bon chrétien, un honnête homme, et le meilleur travailleur à plus de dix lieues à la ronde : aussi de simple garçon de ferme était-il devenu fermier, après avoir épousé la fille de celui chez lequel il servait d'abord.

Mais si, grâce à son activité et à son expérience, Guéronnick était devenu le plus riche propriétaire du pays, il n'en était pas pour cela le plus heureux : sa femme était morte et l'avait laissé, au bout de cinq ans de ménage, avec une pauvre petite fille de trois ans.

Prendre une autre ménagère, Guéronnick n'y avait jamais songé : il aimait trop sa chère défunte et il pensait trop à elle chaque jour pour avoir souci de donner au logis une autre maîtresse qui aurait dérangé tout ce que la première avait si bien fait, et pour confier son enfant à une femme qui n'en serait pas la mère.

Donc, il était resté seul avec la petite fille, veillant sur elle et la soignant comme s'il eût eu du cœur et de la tendresse pour deux.

On disait dans le pays que Dieu avait permis à la pauvre morte de venir chaque nuit auprès du berceau de son enfant, tant il paraissait peu que celle-ci fût privée des soins d'une mère.

Mais c'était un de ces bruits comme il en court tant dans les villes et dans les campagnes ; car si cela eût été vrai, Guéronnick eût été consolé ; tandis qu'il devenait de jour en jour plus triste, plus solitaire et plus sombre. Il vivait comme un homme qui n'aime plus la vie parce qu'il a dans le cœur plus de chagrin et de regrets qu'il n'en peut porter.

La petite fille était belle, forte et gentille à faire plaisir ; à mesure qu'elle avançait en âge, elle devenait en même temps bonne, douce et sensible ; elle aimait son père, elle était compatissante pour tous ceux qui souffraient, et jamais un pauvre chercheur de pain ne venait frapper à la porte de Guéronnick sans avoir de l'enfant des secours et un doux regard.

On la nommait Margaridt (*Marguerite*) ; et chacun la disait bien nommée : car elle était fraîche et pure, et elle réjouissait les yeux par sa présence, comme la fleur dont elle portait le nom.

Le dimanche, quand elle allait à l'église, donnant la main à son père, on se rangeait pour la voir passer, tant elle était gentille avec sa coiffe brodée, son fichu à grandes palmes, sa robe à cinq jupes étagées et ses souliers mignons à boucles d'argent.

Dans quelques années, disait-on, ce sera la plus jolie de toutes les *pennerez* du pays, et tous les jeunes gars se disputeront l'honneur de la conduire dans les *Pardons*.

— Car, ajouta le conteur en promenant un malicieux regard sur son auditoire, — de même que le vent emporte la paille accrochée aux buissons, de même la beauté des *pennerez* attire et entraîne les jeunes gars.

L'ORPHELINE.

Tandis que les uns riaient et que les autres rougissaient, le conteur continua ainsi :

A mesure que Margaridt grandissait et se développait en force et en santé, Guéronnick, lui, toujours plus triste et plus découragé de la vie, s'inclinait vers la tombe ; il était comme un arbre atteint par la foudre et qui ne peut plus reverdir.

Une nuit, la mort le surprit pendant son sommeil. La mort, c'était pour lui le bonheur et l'espérance, c'est-à-dire la fin d'une peine qui ne pouvait finir qu'avec la vie.

Quand Margaridt s'éveilla, le matin, elle était orpheline.

Elle avait alors onze ans environ, la pauvre petite !

Il y eut grande tristesse dans le pays, car Guéronnick était estimé et aimé.

Ce fût à qui viendrait voir et consoler Margaridt; chacun la prenait en grand intérêt, car, outre la perte de son père et de sa mère, — ce qui est le plus grand malheur qui puisse nous arriver ici-bas, — elle restait seule, sans parents, sans guide, avec de grands biens à gérer, une ferme à conduire et de nombreux serviteurs à commander.

On avait bien entendu parler au défunt, qui était né dans je ne sais plus quelle contrée de la Cornouailles, de deux frères qu'il avait laissés dans son village; mais nul ne savait au juste où ils demeuraient.

Mais voilà que vers le soir du huitième jour après la mort de Guéronnick, on vit arriver à la ferme deux hommes que personne n'avait jamais vus.

C'étaient les frères de Guéronnick.

D'abord ils consolèrent Margaridt et se montrèrent pleins de bonté pour elle; si bien que nul ne s'étonna de les voir s'établir à la ferme et y commander en maîtres.

N'était-ce pas rendre service à cette pauvre petite que de l'aider à supporter un fardeau trop lourd pour son âge ?

Imp. Lemercier, Paris.

L'ORPHELINE.

Peu à peu, cependant, Riou et Loyds — ainsi s'appelaient les deux frères — changèrent de manière d'être envers Margaridt : ils cessèrent d'abord de s'occuper d'elle, puis ils la traitèrent rudement, puis enfin un beau jour, ils la mirent à la porte de la ferme, en lui déclarant que la maison et les terres, tout était à eux.

Ce fut en vain que les voisins intervinrent : Riou et Loyds leur dirent d'abord que Guéronnick avait contracté envers eux une grosse dette qu'il n'avait jamais acquittée ; à ceux qui se montrèrent plus curieux ou plus exigeants, ils répondirent par des menaces, et jurèrent enfin qu'il arriverait malheur à celui qui leur reparlerait de Margaridt.

Or, comme de tout temps les méchants ont été la terreur des bons, on commença par murmurer, puis on laissa faire.

L'orpheline s'en alla donc un matin chassée de la maison paternelle et dépouillée de son héritage. Pauvre oiseau sans nid et sans abri !

Margaridt traversa le pays, suivie d'un beau mouton noir, son favori d'autrefois, que ses méchants oncles n'avaient osé l'empêcher d'emmener avec elle. Elle le tirait par une corde, parce que l'animal, ne comprenant rien à ce qui se passait, voulait revenir à la maison où son étable était toujours garnie d'herbe choisie et de paille fraîche.

C'était à fendre le cœur de voir la pauvre petite s'en aller seule par les chemins, pleurant et sanglotant.

Chacun lui faisait l'aumône d'une bonne parole et d'un doux sourire ; mais personne n'osait la recueillir, parce qu'on avait peur de Riou et de Loyds.

———

LA VIEILLE TINAH.

Il y avait plus d'une heure que Margaridt marchait ainsi, ne sachant où elle allait ; déjà elle avait perdu de vue toutes les habitations, et elle pleurait encore plus fort parce qu'elle se croyait perdue dans la lande, lorsqu'à un détour du sentier qu'elle suivait, elle aperçut une misérable hutte, et devant cette hutte

une vieille femme qui semblait se diriger de son côté, tantôt suivie et tantôt pré-
cédée par une chèvre folle et joyeuse.

L'enfant se souvint alors d'avoir entendu parler à son père d'une pauvre
vieille qu'on appelait *la sorcière* parce qu'on prétendait qu'elle connaissait toutes
sortes de secrets pour faire arriver du bien ou du mal, suivant son gré, aux
hommes et aux animaux.

Quelque peu rassurante que fût la rencontre, Margaridt remercia le bon Dieu
et la sainte Vierge de l'avoir conduite vers un être humain, alors qu'elle se
croyait perdue et abandonnée, et qu'il lui semblait à tout instant voir surgir,
derrière chaque touffe de genêts ou de bruyère, mille nains subtils et méchants,
Korandons ou *Korighans*, prêts à l'envelopper et à l'entraîner dans leurs rondes
infernales et sans fin.

Elle rassembla donc tout son courage et s'avança vers la vieille, n'osant lever
les yeux pour la regarder en face.

— Ah ! c'est vous, la belle enfant, s'écria celle-ci ! Que faites-vous donc toute
seule dans la lande, si loin du logis de votre père ?

— Hélas ! répondit Margaridt, mon père est avec le bon Dieu !

— Pauvre cher homme, reprit la vieille, il ne pouvait vivre sans sa *moitié
de ménage ;* il sera allé la rejoindre là-haut !... Mais vous, mon enfant, qui donc
prend soin de vous ? Pourquoi n'êtes vous plus à la ferme ?

— On m'en a chassée.

— On vous en a chassée !.... Et depuis quand chasse-t-on les gens de leur
bien, les enfants de leur héritage ?... Y-a-t-il quelqu'un assez méchant dans le
pays pour avoir osé faire une si mauvaise action ?

— Ce n'est personne du pays, répondit Margaridt, qui reprenait courage en
entendant la vieille s'associer à son malheur par de bonnes paroles.

— Et qui est-ce donc, alors ?... Attendez !... Votre père n'était-il pas de la
Cornouailles, et n'avait-il pas deux frères ?..... Ce sont eux, j'en suis sûre, qui
vous ont dépouillée et renvoyée ?

— Hélas ! oui, reprit l'enfant.

— Et personne n'a pris votre défense ?

— Ils ont menacé tous ceux qui ont parlé pour moi, et ils ont même ajouté
que si quelqu'un s'avisait de me recueillir, il lui arriverait malheur.

— Ah ! ils ont dit cela ; eh bien ! je te recueillerai, moi, mon enfant; et nous verrons s'ils osent s'en prendre à moi.

Puis elle ajouta, en attirant Margaridt à elle et en l'embrassant doucement au front :

Je n'ai pas oublié, petite, qu'un jour où j'avais bien froid et bien faim, tu m'as fait asseoir à la ferme auprès d'un bon feu et tu m'as servi toi-même une écuellée de bouillie de blé noir. Viens donc; il y aura place pour deux sous mon pauvre toit, et si dur que soit le pain de l'aumône, nous le partagerons ensemble chaque jour.

Et, prenant Margaridt par la main, la vieille la fit entrer dans la hutte.

Pendant ce temps le mouton et la chèvre avaient lié connaissance ; ils broutaient de compagnie l'herbe maigre et rare, se dédommageant parfois sur les branches des genêts.

Au bout de quelques jours, Margaridt et Tinah, — c'était le nom de la vieille, — étaient habituées l'une à l'autre. Tinah était bonne et affectueuse pour l'enfant ; celle-ci était prévenante et respectueuse; elle s'efforçait d'aider la vieille autant que ses forces le lui permettaient : c'était elle qui s'occupait des soins du ménage, qui recueillait le lait de la chèvre, qui allait ramasser le bois mort ou arracher la bruyère ; puis, pendant les longues courses que Tinah faisait dans les pays d'alentours, elle menait paître dans la lande la chèvre et le mouton noir.

LA FLEUR QUI RELUIT.

Cependant, malgré les soins et l'affection de la vieille, Margaridt pleurait souvent en pensant à son père; et, il faut bien le dire, elle pleurait parfois aussi, la pauvrette, lorsqu'elle pensait aux beaux habits, au coucher doux et chaud, à la chambre bien close et aux bonnes galettes de beurre et de blé blanc, toutes choses qu'elle avait autrefois et que ses méchants oncles lui avaient ravies.

Quelquefois, Tinah la surprenait blottie dans un coin, sanglotant tout bas et versant d'abondantes larmes.

— Tu n'es pas heureuse avec moi, Margaridt? lui disait-elle avec un accent de doux reproche.

— Si, bonne mère, répondait l'enfant en se levant vivement et en enlaçant de ses deux bras le cou de la vieille.

— Mais tu penses que tu serais plus heureuse encore dans la maison de ton père ?

— Oui, si vous y étiez avec moi.

— Sois tranquille, ma fille, cela viendra, et les méchants ne triompheront pas toujours. Souviens-toi seulement de ce que je t'ai déjà répété si souvent : quand tu es seule dans la lande avec ton mouton et ta chèvre, tâche de trouver *l'Herbe d'Or*.

— Qu'est-ce que l'Herbe d'Or, et comment la reconnaîtrai-je ?

— Hélas ! mon enfant, bien des gens ont passé leur vie à la chercher, et moi qui ai parcouru la montagne et la plaine dans les six évêchés, je ne l'ai jamais rencontrée. Mais si, en te promenant par les bruyères et les genêts, tu vois reluire dans les touffes d'herbe quelque chose plus brillant que le feu, que l'or, qu'un rayon de soleil, baisse-toi vite et hâte-toi de cueillir la petite plante que tu trouveras sur le sol ; car la plante qui brille plus que le feu, l'or et le soleil, c'est *l'Herbe d'Or*...... Ou si parfois encore, en marchant dans la lande, tu croyais comprendre tout à coup ce que disent les oiseaux dans leurs chants, les animaux dans leurs cris divers, le vent dans sa plainte, les buissons dans leurs bruissements, arrête-toi sur-le-champ ...... et regarde sous tes pieds : on ne comprend le langage des oiseaux, des animaux et des plantes que quand on marche sur *l'Herbe d'Or*.

— Et que faudra-t-il faire, si je trouve *l'Herbe d'Or* ?

— La cueillir et la garder avec soin, sans prendre d'autre souci ; car à celui qui la possède tout arrive à souhait.

Ainsi parlait la bonne vieille, et, prenant son bâton d'épine et sa besace, elle quittait la hutte et s'en allait mendier vers les villages, non sans se retourner vingt fois pour voir Margaridt qui répondait à ses gestes d'adieu et la regardait marcher dans le sentier jusqu'à ce qu'elle l'eût perdue de vue derrière les grands arbres.

Alors l'enfant tirait la porte, appelait la chèvre et le mouton noir qui se hâtaient d'accourir, et tous les trois ils s'en allaient dans les genêts et les bruyères. Tandis que le mouton cherchait l'herbe chétive sous les cailloux et que dame la chèvre gambadait comme une tête folle, Margaridt tressait en marchant, avec des joncs, de petites croix ou des couronnes qu'elle ornait ensuite en fixant des fleurs sauvages à la pointe de chaque épine ; puis elle attachait les croix et les couronnes aux branches des buissons, priant le bon Dieu et la sainte Vierge de lui faire trouver l'Herbe d'Or.

Or, un jour qu'elle s'était avancée avec ses deux compagnons plus loin que de coutume, elle fut tout étonnée d'apercevoir devant elle, à quelque distance, la ferme de son père.

A la vue de ce toit sous lequel elle était née, à la vue de ces champs entourés de haies d'aubépine et couverts de riches moissons, de ces prés où de belles génisses enfonçaient dans l'herbe jusqu'au poitrail, de cette route où elle avait couru si souvent au devant de son père, elle arrêta sa marche, et s'asseyant sur le revers d'un fossé, elle se prit à songer et à pleurer amèrement.

Cependant le soleil envoyait à la terre ses plus chauds rayons, les petits oiseaux sautaient gaiement de branche en branche et babillaient sous la feuillée, le mouton bêlait doucement, la chèvre lui répondait par de petits cris joyeux, et la brise elle-même, se mêlant à ce concert, promenait une voix harmonieuse à travers les arbres.

Toute la nature était en fête.

Et Margaridt pleurait toujours !....

Tout à coup ces mille bruits, auxquels elle ne prêtait qu'une oreille distraite, arrivent plus distincts jusqu'à elle ; elle écoute......Est-elle le jouet d'un rêve ?... Voilà qu'elle comprend le chant des oiseaux, le bêlement du mouton, le cri de la chèvre et jusqu'au murmure de la brise.

Et les petits oiseaux disaient :

— Console-toi, Margaridt !... Nous reviendrons voltiger autour de toi dans la cour de la ferme que tu vois là-bas, et mendier de ta main quelques grains de millet ou de blé noir.

Le mouton, la tête appuyée sur les genoux de la petite fille et la regardant d'un air doux et bon, reprenait à son tour :

— Console-toi, Margaridt!... Tu me conduiras bientôt dans les prairies où nous avons joué si souvent ensemble, et où l'herbe est si tendre et si épaisse !

Et la chèvre ajoutait, son menton barbu abaissé de l'autre côté sur la robe de Margaridt :

— Console-toi, Margaridt !... Tu rentreras dans la maison où tu es née et tu y vivras heureuse jusqu'à la fin de tes jours. Mais n'oublie pas, dans ta prospérité, la vieille Tinah et sa pauvre chèvre.

Et la brise soupirait à son tour :

— Console-toi, Margaridt, et sèche tes pleurs !... Le printemps succède à l'hiver, le soleil à l'orage : la joie viendra après la tristesse et les mauvais jours.

Alors Margaridt se souvint des paroles de la vieille ; elle regarda sous ses pieds et aperçut une petite fleur plus brillante que le feu, l'or et le soleil, qu'elle avait foulée sans y prendre garde.

Elle se précipita vers le sol et la cueillit.

C'était *l'Herbe d'Or !....*

Il se passa alors quelque chose d'extraordinaire.

Comme Margaridt, en se relevant, s'était appuyée sur le dos du mouton noir, la plante merveilleuse effleura la toison de l'animal ; aussitôt cette toison se mit à croître à vue d'œil et à s'allonger de telle sorte, que la pauvre bête, ensevelie sous une masse énorme de laine dont la quantité et le poids augmentaient à chaque instant, allait périr étouffée, si la petite fille ne se fût empressée de prendre les ciseaux pendus à sa ceinture et n'eût commencé prestement à tondre la toison.

Mais les ciseaux avaient beau couper de çà, de là, la laine repoussait toujours plus abondante et plus épaisse, si bien qu'il y en avait déjà dans le fossé de quoi suffire au coucher de toute une famille, et plus que deux filles lestes et habiles n'en auraient filé pendant une année entière.

RIOU ET LOYDS.

En ce moment, il se fit un grand bruit du côté du chemin.

Margaridt interrompit sa besogne et releva la tête ; elle aperçut alors, à quelques pas d'elle, ses deux méchants oncles Riou et Loyds ; ils ramenaient leurs bœufs du labour, car c'était l'heure du repas de midi; quelques serviteurs suivaient à quelque distance. Tout ce monde causait ou chantait.

Margaridt aperçut aussi Tinah qui s'en revenait lentement, appuyée sur son bâton d'épine.

Les deux frères et la vieille se croisèrent sur le chemin, au moment où ils passaient non loin de Margaridt, qui était arrêtée, comme je l'ai dit, sur le revers du fossé.

— Te voilà, méchante vieille! s'écria Riou, d'une voix tremblante de colère; c'est sans doute pour nous jouer quelqu'un de tes tours que tu as recueilli l'enfant?

— Et quand cela serait?... répondit la vieille sans se déconcerter.

Riou furieux leva l'aiguillon qu'il tenait à la main ; il allait en frapper Tinah, quand son frère lui arrêta le bras.

Prends garde ! lui dit-il : elle est sorcière; et il y a toujours quelque chose à craindre avec ces *chercheuses de vérité.*

La vieille n'avait pas fait un pas en arrière devant la menace de Riou.

— Croyez-vous donc que j'aie peur de vous, voleurs d'héritage? reprit-elle... Allez ! il n'est pas besoin d'être sorcière pour prédire que votre crime ne vous profitera pas longtemps : la brebis rentrera dans le bercail et les loups ravisseurs seront forcés de regagner leur tanière.

Ce n'était pas l'agilité de la langue ni la facilité de la parole qui manquaient à la vieille Tinah; aussi, la colère aidant, elle s'apprêtait à continuer sur le même ton, sans faire attention que cette fois Riou et Loyds levaient en même temps le bras sur elle.

Un cri poussé par Margaridt arrêta les deux bâtons dans leur course au moment où ils allaient inévitablement l'achever sur la tête ou sur les épaules de la pauvre Tinah. Ce cri, c'était le sentiment du danger que courait la bonne vieille qui l'avait arraché à l'enfant. Cependant elle-même courait un danger non moins grand ; car elle s'était arrêtée dans sa besogne, et la toison du mouton noir, qui s'allongeait et épaississait d'instant en instant, l'enveloppait de toutes parts ; un peu plus, et elle allait en avoir presque par-dessus la tête.

Riou et Loyds, Tinah et tous les serviteurs se tournèrent vers l'endroit d'où était parti le cri ; ils demeurèrent tout interdits à la vue du spectacle qui s'offrit à leurs yeux.

Cependant Margaridt commençait à perdre haleine, lorsque Tinah, comprenant ce qui se passait, courut à son secours et se mit à tondre le mouton noir de toute l'agilité de ses doigts et de ses ciseaux. Mais, si vite qu'elle allât, elle ne pouvait suffire seule à la besogne ; aussi les serviteurs et les servantes des deux frères vinrent-ils à son aide, et tous ensemble, les uns taillant toujours, les autres enlevant les flocons de laine, ils parvinrent à dégager l'enfant.

Riou et Loyds et tous les assistants ne pouvaient revenir de leur surprise. Jamais, de mémoire d'homme, on n'avait rien vu de semblable.

Mais ce fut bien autre chose encore quand Margaridt, devenue libre de ses mouvements, se mit à toucher la chèvre avec le rameau précieux ; aussitôt celle-ci se mit à donner du lait en telle quantité, que c'etait comme un vrai ruisseau qui coulait dans le fossé.

Tandis que ceux-ci continuaient à tondre le mouton, ceux-là emplissaient leurs gourdes et leurs écuelles ; il y en eut même qui allèrent chercher des seaux et de grands vases de terre ; mais ils avaient beau y verser le lait il en coulait toujours plus qu'ils n'en pouvaient recueillir.

DÉNOUEMENT MERVEILLEUX.

En voyant toutes ces merveilles, Riou et Loyds s'écrièrent presque en même temps :

— Je veux la chèvre !

— Je veux le mouton noir !

— Vous n'aurez ni l'un ni l'autre, répondit la vieille : vous n'aurez pas la chèvre, parce qu'elle est à moi ; et vous ne prendrez pas le mouton noir, parce que c'est tout ce qui reste à Margaridt de tous les biens que vous lui avez enlevés.

Mais ni ces paroles, ni la colère de Tinah, ni même ses larmes et ses supplications ne purent arrêter ces hommes méchants et cupides ; ils se mirent à rire, de ce rire strident et moqueur dont *le vieux Guillaume,* — ou le diable, si vous l'aimez mieux, — connaît seul le secret ; puis ils donnèrent l'ordre à leurs serviteurs et à leurs servantes de s'emparer de la chèvre et du mouton noir.

Ce n'était pas chose facile ; car les deux animaux se mirent à s'escrimer de telle façon, et du front et des cornes, des pieds de devant et des pieds de derrière, que tous les serviteurs reculèrent épouvantés, en disant que c'était des bêtes ensorcelées et maudites, de vraies bêtes échappées du troupeau du *vieux Guillaume.*

Riou et Loyds ne se tinrent pas pour battus ; comme ils étaient forts et robustes et qu'ils ne craignaient rien, ils repoussèrent leurs serviteurs en les maltraitant, et s'avancèrent eux-mêmes pour exécuter la besogne.

Pendant ce temps, Tinah s'était rapprochée de Margaridt.

— Tu as trouvé l'Herbe d'Or, lui dit-elle.

— La voici, répondit l'enfant en élevant le rameau.

La petite fleur étincela au soleil et jeta une lumière telle que tous ceux qui étaient là n'en purent soutenir l'éclat et se jetèrent la face contre terre.

Cependant Riou et Loyds, qui étaient tournés d'un autre côté, tenaient déjà, l'un le mouton, et l'autre la chèvre.

— Touche-les avec *l'Herbe d'Or,* s'écria la vieille.

Et comme l'enfant hésitait, elle lui prit le bras et l'entraîna auprès de ses oncles.

A peine la petite fleur eut-elle effleuré les vêtements de Riou et de Loyds, que ceux-ci lâchèrent prise et demeurèrent immobiles; effrayés à leur tour, ils voulurent fuir, mais leurs pieds étaient comme attachés au sol; ils voulurent parler et demander grâce, mais la voix s'arrêta dans leurs gosiers et les paroles ne purent s'échapper de leurs bouches : c'était comme deux statues de pierre ; leurs visages exprimaient la souffrance; et la pâleur de la mort se répandait sur leurs fronts.

Margaridt en eut pitié.

— Je ne puis les voir souffrir ainsi, s'écria-t-elle; quoiqu'ils m'aient fait bien du mal, ce sont les frères de mon père et je ne saurais l'oublier.

En disant ces mots, emportée par son bon cœur, elle jeta loin d'elle l'Herbe d'Or, au milieu des buissons.

Mais qui se serait attendu au dénouement?

Riou et Loyds sont libres; ils reprennent la vie et le mouvement; mais à peine ont-ils senti leurs pieds se détacher du sol, qu'ils s'élancent à travers la lande, l'œil hagard, les cheveux hérissés, fuyant comme le cerf poursuivi par la meute ardente, ou comme la feuillée emportée par le vent d'orage.

Depuis ce jour, on ne les revit jamais dans le pays et on n'entendit plus parler d'eux.

Le soir même, Margaridt avait repris possession de la ferme de Guéronnick.

La bonne vieille Tinah, installée auprès d'elle, ne la quitta jamais.

Le conteur avait achevé son récit.

— Et la chèvre? et le mouton noir ? s'écrièrent tous les assistants d'une commune voix.

— Vous m'en demandez trop long, chères gens, répondit le porte-balle, et l'histoire est muette à leur égard ; mais je suppose que s'ils ne continuèrent pas à donner, l'un autant de lait et l'autre autant de laine, ils n'en furent pas moins fêtés et chéris comme par le passé. Car nos meilleurs amis, ceux dont nous devons nous souvenir en premier dans la prospérité et dans la joie, ce sont ceux qui nous ont aidés à supporter la mauvaise fortune et la douleur.

Tel fut le récit du *discreveller*, que Je vous ai conservé à peu près intact, mes jeunes amis.

J'y veux ajouter quelques réflexions.

L'Herbe d'Or, cette fiction poétique de la Bretagne, ne vous semble-t-elle pas représenter la Providence ,qui veille sur le faible et sur l'opprimé, sur la veuve et sur l'orphelin, qui prend soin de leur défense, les protége et les venge au besoin.

Au jour du péril, le bon Dieu se souvient des plus petits, et si forts et si hardis que soient les méchants, il renverse leurs projets et anéantit leurs joies et leurs espérances coupables.

Souvenez-vous donc de l'Herbe d'Or, et ayez toujours confiance dans la providence du bon Dieu.

Imp. Lemercier, Paris.

L'ORPHELIN DE CLUNY.

L'ORPHELIN DE CLUNY

LE CURÉ BESSON

A peu de distance de Mâcon, au bord de la Crosne, se trouve Cluny, si célèbre par le souvenir et les ruines de son ancienne abbaye.

Cluny n'était, au moyen âge, qu'un village de peu d'importance, composé seulement de quelques centaines d'habitants ; mais lorsque Guillaume Ier, duc d'Aquitaine et comte d'Auvergne, y eut fondé une abbaye, le voisinage du couvent devint une source de richesse et de prospérité pour la population ; aussi se forma-t-il autour du cloître une ceinture de maisons qui s'étendit de jour en jour et finit par faire la jolie petite ville que l'on voit aujourd'hui.

C'était au mois de décembre de l'année 1772.

La neige recouvrait la terre et s'étendait comme un long voile blanc sur les champs et les prés, sur les buissons et les haies et jusque sur les toits des maisons. Quelques traces de pas, quelques sillons de roues rompaient seuls la monotonie de ce tableau et dessinaient les routes et les sentiers sur la vaste plaine.

Un ciel gris et brumeux surplombait le paysage et en faisait ressortir encore davantage la blancheur.

Tout était triste et nu : la campagne était solitaire et déserte, et nulle voix, nul bruit ne troublaient le silence de deuil qui pesait sur elle autant que le ciel gris.

A l'horizon, on voyait apparaître le cloître avec ses hautes murailles, ses tourelles, ses clochetons gothiques, sa flèche svelte et élancée qui semblait se perdre dans les nuages ; il dominait, de toute sa majestueuse grandeur, les habitations groupées autour de sa vaste enceinte ; celles-ci, écrasées par l'aspect du colosse de pierre et de granit, semblaient des demeures de pygmées auprès de la demeure d'un géant.

Ces immenses bâtiments à la teinte sombre et grave, ces toits, ces clochers couverts de neige, se dessinant sur le ciel brumeux, ajoutaient à la tristesse de la nature et du paysage quelque chose d'imposant et de grandiose.

Le jour était à peine au tiers de sa course, lorsqu'un homme portant le costume ecclésiastique sortit d'une chaumière isolée au milieu de la campagne et située au bord d'une route qui se dirigeait vers la ville de Cluny.

Ce bon prêtre paraissait toucher à la vieillesse, à en juger par les boucles de cheveux blancs qui s'échappaient de dessous son feutre à larges bords ; il marchait, déjà courbé par les années et peut-être aussi par les nobles fatigues de son pieux ministère, assurant ses pas à l'aide d'une longue canne.

C'était le curé de la paroisse de Cluny. Il se nommait Besson.

Issu d'une famille aisée, ne manquant ni d'amis ni de protecteurs, se recommandant d'ailleurs par lui-même, par son mérite et son savoir, par ses vertus et par son zèle, le curé Besson aurait pu aspirer à des fonctions plus élevées ; sans même rechercher les dignités et les honneurs, il n'avait qu'à accepter ceux que ses supérieurs lui avaient maintes fois offerts : mais il avait senti que son cœur ne pourrait jamais se détacher de sa chère paroisse de Cluny, et il avait résolu de n'abandonner qu'avec la vie la mission qui lui avait été confiée dès les premières années de son ministère.

Au moment où commence cette histoire, il y avait trente ans que, fidèle à sa résolution, le pasteur n'avait pas quitté son troupeau, lui vouant sa vie et puisant toujours dans son zèle, malgré les années qui s'accumulaient sur sa tête, de nouvelles forces et une nouvelle ardeur. Que de bien il avait fait pendant cette longue carrière ! Que de larmes il avait essuyées, que de souffrances il avait adoucies,

que de misères il avait secourues !.... A l'un, il apportait le pardon ; à l'autre l'espérance. Celui-ci trouvait près de lui un conseil dont il avait besoin ; celui-là
une bonne parole qui l'aidait à souffrir. Avec tous enfin il partageait sa bourse,
avançant aux uns, donnant aux autres, et restant souvent plus pauvre lui même
que tous ceux qu'il avait secourus.

Quelle sainte et noble vie !

Plus d'un demi-siècle s'est écoulé depuis que le modeste pasteur a vu s'éteindre
sa longue existence, plus pleine encore de bonnes œuvres que de jours. Une
révolution a bouleversé la France, brisé les trônes, renversé les temples et les
autels ; l'antique abbaye a vu ses murailles dévastées et détruites, et n'offre plus
aux regards que des ruines et des débris : mais ni les passions déchaînées, ni
les orages révolutionnaires, ni le temps lui-même n'ont pu effacer chez les générations qui se sont succédé le souvenir des vertus et des bienfaits du curé
Besson. Maintenant encore, les vieillards en parlent souvent à la veillée ; plus
d'une aïeule redit d'une voix émue quelques traits de charité et de dévouement
du pasteur qu'elle a connu ; plus d'un vieux grand-père raconte aux enfants de
ses petits-enfants tout ce qu'il sait de cette vie si modeste et pourtant si utile et
si belle ; et celui même dont la mémoire, affaiblie par les ans, se refuse à ajouter
quelque chose à ces récits, ne peut oublier et se plaît à redire sans cesse que les
mains tremblantes du bon prêtre se sont, comme une bénédiction du ciel, appuyées sur son front, alors que ce front était ombragé par d'épais cheveux noirs
et qu'il avait pour couronne l'innocence et le printemps.

LE PETIT BUCHERON

Au moment où le curé Besson franchissait le seuil de la chaumière, et avant
que la porte se fût refermée, on aurait pu entendre derrière lui un concert de
douces bénédictions ; une voix de femme murmurant des paroles de remercie-
ment et de reconnaissance.

C'est que là encore, malgré le froid et la neige, le pasteur venait d'apporter
des consolations et des secours.

Dans cette chaumière isolée demeurait une pauvre femme nommée Françoise Prud'hon. Restée veuve avec dix enfants, elle avait courageusement travaillé pour les nourrir et les avait successivement élevés et établis, à l'exception d'un seul, le dernier, qui restait encore à sa charge. Or, cette année-là, la saison des travaux avait été si mauvaise pour les gens de la campagne, et l'hiver était si dur, que jamais la pauvre veuve ne s'était trouvée si malheureuse et si dénuée de tout.

Le curé sortait donc tout ému de la chaumière, et s'apprêtait à regagner Cluny, lorsqu'il aperçut à quelque distance, sur le chemin, un enfant d'une douzaine d'années qui se dirigeait de son côté.

Cet enfant, il le reconnut bientôt : c'était Pierre, le dernier enfant de la veuve.

Pierre était un bel enfant, au front élevé, au regard vif et intelligent. Le pauvre petit, à peine vêtu et marchant pieds nus dans la neige, pliait sous le faix d'un énorme fagot de bois mort, qu'il maintenait à grand peine sur son dos à l'aide de ses deux mains. Il marchait cependant aussi vite que ses forces le lui permettaient ; son visage était tout rouge et des gouttes de sueur mouillaient ses tempes : on voyait qu'il avait hâte d'arriver et que sans doute il était attendu. Mais de temps en temps il était contraint de s'arrêter pour reprendre haleine, tant la charge était lourde et gênait sa course. Lorsqu'il aperçut M. Besson, un incarnat plus vif teignit ses joues, et il l'attendit, muet et les yeux baissés.

Le pasteur s'approcha de lui et lui dit avec bonté :

— Tu fais-là un rude métier, mon enfant, et tu portes un fagot trop lourd pour tes épaules.

— C'est que, répondit l'enfant, il n'y a plus du tout de bois chez nous depuis deux jours, et nous avons eu bien froid, ma mère et moi.

— Mais pourquoi ne pas faire plutôt deux voyages ? Tu ménagerais tes forces et tu ne risquerais pas de te rendre malade.

— Ce n'est qu'à plus d'une lieue d'ici, vous le savez, monsieur le curé, qu'on peut aller chercher du bois mort, et encore un seul jour par semaine ; si j'y retournais à deux fois, je serais absent toute la journée, et ma mère pourrait avoir besoin de moi.

Et il ajouta tristement :

— Nous sommes si malheureux !...

— Mon enfant, il faut toujours avoir confiance dans le bon Dieu : vous serez moins malheureux cette semaine.

Pierre, dans cette seule parole du curé, comprit ce qui venait de se passer ; il laissa tomber son fagot, et, se précipitant vers M. Besson, il lui prit les mains et les couvrit de baisers et de larmes.

— Oh merci ! s'écria-t-il, merci de ce que vous avez fait pour ma mère !... Oh ! oui, vous êtes bien pour nous autres pauvres gens la Providence du bon Dieu ; vous êtes bien notre père à tous !

— Pourquoi n'es-tu pas venu me trouver, dit M. Besson avec un accent de doux reproche ?

— C'est que... balbutia l'enfant.... je n'aurais jamais osé !

— Cependant, tu voyais souffrir ta mère, et tu l'aimes bien.

— Si je l'aime !.... je donnerais mille fois ma vie pour elle et je ferais tout au monde pour lui éviter un instant de souffrance ou de chagrin, tout, excepté de.....

Et il prononça le dernier mot de sa phrase si bas, que le curé devina plutôt qu'il n'entendit.

— Voyez-vous, monsieur le curé, ajouta l'enfant, nous avons connu des temps meilleurs ; et ça rend fier de ne pas avoir été toujours malheureux.

Puis il reprit, après un instant de silence :

— Quand mes frères et mes sœurs étaient là, ils étaient grands et forts, et ils travaillaient avec ma mère ; maintenant ils sont mariés, et ils ont bien de la peine à gagner pour eux-mêmes et pour leurs familles. Moi, je suis trop petit et trop faible encore pour faire quelque ouvrage qui rapporte un salaire !... Et puis, je ne sais rien : ma mère n'a pu me faire apprendre à lire et à écrire, ni même me donner un état comme à ses autres enfants... Aussi, je ne pourrai jamais rien pour elle... Et cependant je rêve toutes les nuits que je deviens savant, bien savant, et que tout le monde parle de moi. Puis j'ai de beaux habits comme un monsieur de la ville, un chapeau galonné, une canne à pomme d'or. Et puis encore, dans mes rêves, je vois venir ma mère au-devant de moi, heureuse et souriante ; à quelques pas en avant de cette chaumière, dont les murs ont été reblanchis et dont les fenêtres, entourées de beaux bouquets de roses, s'ouvrent joyeusement pour recevoir la visite du soleil, elle m'attend, elle, ma mère!... Ah! c'est qu'elle est belle encore, malgré ses cheveux blancs! On dirait que le bonheur a effacé toutes ses rides. Nulle dame du pays n'est mieux vêtue; mais nulle aussi ne porte plus fièrement une robe de soie et la cape garnie de dentelle... Elle me tend les bras, et j'accours tout joyeux; puis, quand je l'ai longuement embrassée, je tire de ma poche des bourses pleines d'or... Prenez, prenez, ma mère, tout cela est pour vous; à vous tout ce que je gagne, comme aussi toutes mes pensées et tout mon cœur !...

Et le jeune enfant s'arrêta, le visage illuminé par l'enthousiasme. Son âme tout entière était venue sur ses lèvres; ses yeux demeuraient fixes et tout grands ouverts, tandis que des larmes tombaient lentement le long de ses joues; son regard semblait interroger l'horizon et l'avenir, et dans ce regard, comme sur son visage, rayonnait cette flamme divine qui imprime son auréole sur les fronts prédestinés, et qu'on appelle le génie.

— Mais ce n'était qu'un rêve!... ajouta Pierre après quelques instants.

Puis son regard se voila et son front redevint triste et morne.

— Et si ce rêve s'accomplissait?... reprit M. Besson, dont la voix, douce et sympathique comme celle d'un père, tremblait d'une indéfinissable émotion.

Il regardait l'enfant avec tant de bonté, que celui-ci vint à lui et se jeta dans les bras que le bon prêtre lui ouvrait.

— Écoute, Pierre, lui dit-il, je viens de voir ta mère; elle m'a dit de toi des choses qui m'ont frappé; elle m'a dit surtout que tu es un bon fils et que chaque jour tu combles son cœur de nouvelles joies. Elle m'a exprimé ses regrets de ne pouvoir t'envoyer dans les écoles, où elle croit que, grâce aux dons que tu as reçus du bon Dieu, tu trouverais les moyens de t'élever au-dessus de ta condition. Je lui ai proposé de me charger de ton avenir. Veux-tu venir avec moi, Pierre?

— Est-ce que je ne verrai plus ma mère, demanda l'enfant?

— Tu la verras tous les jours.

— Mais, si faible que je sois, je rends quelques services à ma mère; et quand je ne serai plus là...

— La Providence y pourvoira...

— C'est-à-dire vous, qui êtes notre providence !... Puisque ma mère y consent...

— Mais toi?

— Oh! moi, je n'aurai jamais assez de jours pour vous bénir et pour vous aimer!

— A demain donc, dit le bon prêtre, tu viendras t'installer au presbytère avec ta mère ; je me fais vieux, et j'ai besoin d'elle pour tenir ma maison.

Et M. Besson s'éloigna, après avoir embrassé Pierre, qui restait muet et tout interdit, tant son cœur débordait de joie.

Mais, à défaut de paroles, ses larmes et ses regards disaient éloquemment tout ce qui se passait dans son cœur.

UNE CONVERSATION AUX FENÊTRES

Nous sommes en 1784.

Le soleil se lève sur la ville de Dijon.

Au pied du palais des ducs de Bourgogne, éclairé par les premiers feux du jour, la ville repose encore silencieuse et muette. On n'entend que les pas des sentinelles qui se croisent autour des hautes murailles.

L'*Angelus* vient de sonner à l'antique cathédrale; les derniers sons de la cloche vibrent et se prolongent dans l'air calme et pur, comme une douce et harmonieuse prière.

Une fenêtre s'ouvre sous les combles du vieux château, et un jeune homme vient s'y accouder; de là son regard plonge sur un horizon immense ; il contemple longtemps ces toits groupés autour de lui, ces tours, ces clochers, ces flèches aiguës dont l'armure de plomb resplendit aux rayons du soleil ; puis ses yeux se portent sur les campagnes environnantes et sur les riants coteaux qui ferment le paysage et qu'un léger brouillard, se fondant dans l'azur du ciel, encadre d'une teinte bleuâtre.

— Mon Dieu ! que tout cela est beau, dit-il !... qui pourrait rendre ces admirables tableaux, ces effets variés, ces teintes harmonieuses!... Oh! que l'art est peu de chose à côté de la nature!...

— Dites donc, voisin, s'écria tout à coup une voix, êtes-vous bien avancé dans votre travail?

Le jeune homme, arraché à sa rêverie, aperçut une tête qui venait de se montrer à une fenêtre proche de la sienne.

— Ah! c'est vous, dit-il; vous m'avez presque fait peur.

— Mais vous ne répondez pas à ma question.

— Je ne suis pas plus avancé qu'hier et avant-hier.

— Vraiment! vous n'avez pas encore commencé?

— Non, ma toile est blanche et telle que je l'ai trouvée dans ma cellule.

— Y pensez-vous? Voici déjà trois jours écoulés, et il ne nous en reste plus que sept.

— Que voulez-vous! Je ne sais si ma manière est la bonne; mais j'aime mieux réfléchir longuement avant de faire la moindre esquisse. Quand je posséderai bien mon sujet, alors je prendrai mes pinceaux, et je crois que je perdrai moins de temps et que j'irai plus vite que si j'avais commencé un peu au hasard et avant d'avoir arrêté définitivement le plan de mon tableau.

— Vous avez raison, et j'aurais mieux fait d'agir comme vous; mais j'ai craint de n'avoir jamais le temps d'achever dans le délai qui nous est prescrit : je me suis mis à l'œuvre immédiatement; maintenant, je rencontre des difficultés que je n'avais pas prévues; j'ai peur de ne pouvoir les surmonter.

— Je suis sûr que vous en viendrez à bout, et je l'espère.

— Voilà qui est noble et généreux dans la bouche d'un rival.

— La lutte dans laquelle nous sommes engagés empêche-t-elle les bons sentiments? Nous sommes ici quinze jeunes gens désireux d'obtenir et de mériter ce *prix de Rome* qui doit décider de notre avenir. Mais à quoi bon avoir de la haine ou de l'envie les uns pour les autres? Redoublons d'efforts, et, quel que soit celui de nous qui l'emporte, soyons prêts à lui rendre justice et à applaudir à ses succès.

A peine ces paroles étaient-elles prononcées que des battements de mains retentirent de toutes parts. Le bruit de la conversation avait attiré aux fenêtres voisines la plupart des autres concurrents.

LE GRAND PRIX.

— Bravo ! Pierre Prud'hon, dit une voix. Tes paroles sont bonnes et généreuses comme ton cœur. Sois tranquille, va, si c'est toi qui as le prix, — et ce n'est que trop à craindre pour nous, — nous serons les premiers à te féliciter, et nos applaudissements ne te manqueront pas.

— Oui, oui !... s'écrièrent toutes les voix.

— Merci, merci, mes amis ! répondit Pierre Prud'hon.

Puis toutes les têtes disparurent, les fenêtres se refermèrent et le silence se fit de nouveau.

Pierre, resté seul, reprit sa rêverie.

Sans doute sa pensée le reportait vers Cluny, vers sa mère, vers son protecteur, car ses yeux se voilèrent de larmes, et son regard, perdu dans le ciel bleu, sembla chercher au-delà de l'horizon les souvenirs de son enfance et les images de tous ceux qu'il chérissait.

— O mon Dieu ! s'écria-t-il, faites que mon rêve s'accomplisse !

Il quitta la fenêtre et vint s'asseoir devant une grande toile posée sur un chevalet ; après avoir chargé sa palette, il saisit ses pinceaux et se mit à l'œuvre.

Avec le souvenir de sa mère et de son protecteur, l'inspiration était venue.

LA JEUNESSE DE PIERRE PRUD'HON

Pierre Prud'hon, c'était le pauvre enfant recueilli par le curé Besson.

Comment se trouvait-il, douze ans après la scène que nous avons précédemment décrite, au nombre de ceux qui se disputaient le prix de peinture établi par les États de Bourgogne, prix qui devait mériter à l'heureux vainqueur la faveur d'être envoyé et entretenu à Rome pendant quatre années ?

C'est ce que nous allons apprendre à nos jeunes lecteurs, en leur racontant rapidement les événements qui s'étaient accomplis depuis la rencontre de Pierre avec le bon curé.

L'enfant, élevé d'abord au presbytère, reçut de M. Besson les premiers éléments d'instruction.

Comme il était heureux de voir sa bonne mère à l'abri de la souffrance et de la misère ! Quelle reconnaissance, quel amour il ressentait pour son généreux protecteur ! De quel dévouement il se promettait de payer plus tard les tendres soins dont celui-ci l'entourait chaque jour.

Cependant l'intelligence de l'enfant se développait d'une manière merveilleuse ; il montrait pour l'étude des dispositions tellement extraordinaires, que M. Besson, craignant que ses leçons ne devinssent bientôt insuffisantes, se décida à confier aux moines de l'abbaye de Cluny le soin de compléter et d'achever son éducation.

Il espérait sans doute, le bon prêtre, que Pierre, ainsi élevé et instruit, se sentirait appelé par Dieu vers la sainte et noble carrière que lui-même avait embrassée, et qu'il pourrait un jour laisser à son cher troupeau un pieux continuateur de ses œuvres et de ses pensées.

Mais ces espérances ne devaient pas se réaliser.

Les moines de l'abbaye de Cluny dirigeaient à cette époque un collége célèbre ; le savoir des maîtres, la manière habile dont ils enseignaient, l'art avec lequel ils maintenaient l'ordre et la discipline dans leur maison, en parlant au cœur et à la raison de leurs élèves et en les traitant toujours avec douceur et bienveillance, tout cela contribuait à attirer chez eux les enfants des familles nobles ou aisées de toutes les contrées de la Bourgogne.

Les bâtiments de l'ancienne abbaye étaient vastes et magnifiques ; c'était comme une ville, enfermant dans ses vastes murailles des cours, des préaux, des jardins, des parcs immenses et jusqu'à des champs cultivés. Depuis sa fondation jusqu'au temps où se passe l'histoire que nous racontons, chaque siècle avait ajouté son œuvre à celle de Guillaume Ier, duc d'Aquitaine : aussi la célèbre abbaye présentait-elle aux regards des monuments de l'architecture de toutes les époques.

Si l'aspect varié, la hardiesse et la majesté de ces nombreuses constructions attiraient et étonnaient les regards, les richesses intérieures que possédait le cloître répondaient à son extérieur grandiose. Dans les vastes galeries, dans les salles immenses et jusque dans les cellules des religieux, l'art étalait ses plus riches trésors ; le marbre s'arrondissait en colonnes, la pierre s'élançait en arceaux gothiques et se découpait en fines dentelures ; le bois se tordait et s'assouplissait en panneaux sévères, en bas-reliefs à sujets multiples, en rétables aux ornements capricieux, en meubles massifs ou élégants, simples ou bizarres de forme. Partout, c'était des merveilles nouvelles que l'œil ne pouvait se lasser d'admirer : ici des tentures précieuses ; là, de grandes tapisseries représentant mille scènes diverses et semblant peupler, comme d'un monde d'autrefois, les vastes salles dont elles recouvraient les murs ; ailleurs, on voyait de longues galeries de tableaux représentant des sujets religieux ou des épisodes de l'histoire de France, et plus particulièrement de l'histoire de Bourgogne ; la plupart de ces toiles appartenaient aux écoles les plus fameuses de l'Italie, de l'Espagne et des Flandres, et portaient la signature de maîtres illustres.

La révolution a renversé ces superbes édifices, dévasté, éparpillé ou détruit ces trésors lentement amassés pendant des siècles nombreux. De toutes les constructions renfermées dans l'enceinte de cette antique abbaye, si riche, si puissante, et de laquelle relevaient, en Europe, plus de deux mille couvents et monastères de tout ordre, il ne reste plus que les ruines de l'église, montrant encore debout les débris d'une nef gothique et d'un portail byzantin, et quelques bâtiments qui servent aujourd'hui à un collége entretenu par la ville.

Mais il me semble que nous oublions trop longtemps Pierre Prud'hon.

Qu'on se figure l'étonnement du pauvre enfant à la vue de toutes ces merveilles. Il se trouble, il s'émeut, il ne peut détacher ses regards de tout ce qui l'environne. Son âme s'exalte. Dès lors, il n'a plus qu'un rêve, qu'une pensée : reproduire, imiter ces sculptures, ces statues et surtout ces tableaux qui s'offrent à ses yeux. Cette voix intérieure, qui décide de l'avenir de l'homme, s'est fait entendre dans son sein : il veut être artiste ! Il sera peintre !

Oui, il sera peintre, lui, le pauvre orphelin de Cluny, et il prendra rang parmi les maîtres les plus fameux de l'école française.

Aimé de tous ses camarades, à cause de la franchise de sa nature et de la bonté de son cœur ; cher à ses maîtres, qu'il captivait par sa douceur et sa docilité, Pierre se trouva heureux chez les bons moines de Cluny ; en même temps, sous leur habile direction, il fit de rapides progrès.

Mais ce fut surtout dans les arts qu'il commença à se distinguer : à peine eut-il reçu quelques leçons de dessin qu'il dépassa rapidement tous ses camarades.

Dès lors, pour lui, plus de récréations, plus de jeux. Tandis que les élèves de l'abbaye se livraient à mille plaisirs bruyants avec toute la gaîté et toute la turbulence de leur âge, Pierre Prud'hon, assis dans un coin de la vaste cour, un crayon à la main, reproduisait, sur quelques feuilles de papier qu'il se procurait à grand peine, les objets qui frappaient ses regards ou ceux que lui fournissaient ses souvenirs.

Parfois, il obtenait des religieux qui surveillaient les récréations la permission d'errer librement dans les galeries du cloître ou sous les arceaux gothiques de l'église abbatiale ; alors, quand il était seul, il s'arrêtait devant une toile du Titien ou un tableau du Corrége, et là, dans une muette contemplation, il oubliait les heures qui s'écoulaient rapides ; les sons de la cloche qui appelait au travail n'arrivaient pas jusqu'à lui, et il ne fallait rien moins, pour l'arracher à son extase et le rappeler à la réalité, que la main d'un de ses maîtres se posant brusquement sur son épaule.

A mesure que le temps s'écoulait, les progrès de Pierre dans l'art du dessin devenaient plus rapides ; mais en même temps ses autres études s'en ressentaient : ce qu'il faisait d'abord pendant les récréations devint bientôt son unique occupation durant les classes.

On le gronda, on se plaignit de lui, on le punit même ; tout fut inutile. En présence d'une vocation aussi marquée, les moines n'opposèrent pas une plus longue résistance, et, dès ce moment, Pierre fut libre de se livrer presque exclusivement à ses travaux de prédilection.

Il y avait alors, parmi les religieux, un vieillard nommé le père Barnabé. Quoique la vie passée des moines fût ensevelie dans un oubli qui ressemblait à celui de la tombe, on disait de lui qu'il avait eu une brillante réputation dans le monde, et que son nom de famille, que nul cependant ne connaissait, avait été un des plus célèbres parmi ceux des artistes de son temps. Plusieurs grandes toiles, qui décoraient une des salles de l'abbaye, témoignaient de son talent et pouvaient soutenir la comparaison avec les tableaux signés par des maîtres illustres. On le voyait encore, malgré ses quatre-vingts ans bien comptés, la taille droite et fière, le front inspiré, décorer de sujets religieux la chapelle de l'église abbatiale.

Bientôt le père Barnabé conçut pour le jeune Pierre un intérêt tout particulier : il demanda et obtint la permission de le diriger dans l'art de la peinture. Pierre ne le quitta plus ; il devint son élève, son ami, son fils d'adoption, et il ne tarda pas à faire honneur à son maître et à l'aider même dans ses travaux.

Quelques années s'étaient écoulées depuis que Pierre venait chaque jour étudier chez les moines de Cluny. M. Besson, trompé d'abord dans ses prévisions par les goûts et les dispositions de son élève, n'avait pas tardé à en prendre son parti : indulgent et bon, il pensait que les aptitudes naturelles ne doivent pas être contrariées par l'éducation, et que ceux qui sont les instituteurs de la jeunesse doivent s'attacher par-dessus tout à discerner ses tendances et à favoriser sa vocation. Il songea donc aux moyens de faciliter à son protégé l'accès de la carrière vers laquelle il semblait appelé ; il fit même, dans ce but, le voyage de Mâcon, et, par l'entremise d'un grand-vicaire qui avait été son compagnon d'études, il obtint d'être présenté à Mgr Moreau, évêque de cette ville.

— Monseigneur, lui dit-il, après avoir raconté comment il s'était chargé de Pierre Prud'hon, j'ai fait pour l'éducation de ce jeune homme tout ce qui était en mon pouvoir ; mais il m'est impossible de suffire seul à la continuation de mon œuvre : si une personne plus influente et plus haut placée que moi ne veut l'aider et le protéger, peut-être aurai-je lieu de me repentir de ce que j'ai fait pour lui : car le pauvre enfant n'a pas reçu l'éducation qui convient à un ouvrier, et il n'est pas encore capable, avec ce qu'il sait, de se suffire à lui-même.

Le prélat, ému par les vives instances de M. Besson, et émerveillé de tout ce qu'il lui entendait dire sur la vocation du jeune Pierre, promit de s'intéresser à lui.

Quelques jours après, Mgr Moreau arrivait subitement au collège de Cluny. Il fit venir devant lui Pierre Prud'hon, l'interrogea, se fit montrer ses essais, et aussitôt lui promit sa protection.

Un mois ne s'était pas écoulé, que Pierre, par les soins de l'évêque de Mâcon, était placé dans l'atelier du peintre Devosges, directeur de la section de peinture de l'école des Beaux-Arts de Dijon.

Là, les bienfaits de M. Besson le suivirent encore : le bon curé lui envoyait de temps en temps quelque somme d'argent, en accompagnant ces envois de douces exhortations et de conseil paternels.

Bientôt Pierre Prud'hon n'eut plus rien à apprendre dans l'atelier de M. Devosges, et, toujours aidé par ses protecteurs, qui s'intéressaient de plus en plus à lui à mesure qu'ils le connaissaient davantage, il partit pour Paris afin de s'y perfectionner sous la direction des maîtres les plus habiles.

Son séjour à Paris fut de courte durée, le concours pour le prix de peinture l'ayant rappelé à Dijon peu de temps après son départ.

Ce prix, c'était l'objet de toutes les espérances de Pierre.

Aller à Rome, à Rome où sont accumulées plus de richesses artistiques qu'en aucun lieu du monde, où tant de souvenirs parlent si éloquemment aux regards et à l'âme, où les chefs-d'œuvre de l'art antique et ceux de l'art chrétien se disputent tour à tour l'admiration sans jamais la lasser : n'est-ce pas le rêve de tout artiste ?

C'était aussi celui de Pierre Prud'hon.

LES DEUX RIVAUX

La moitié de la journée s'était écoulée.

Pierre, depuis le matin, n'avait pas encore quitté sa palette et ses pinceaux. Sa main courait sur la toile, rapide comme sa pensée : toute son âme et toute son attention étaient concentrées sur son travail ; il y mettait tant de feu et d'ardeur, que le sang affluait à son visage et colorait ses joues, et que de grosses gouttes de sueur perlaient sur son front.

Tout à coup un grand bruit le fit tressaillir. On eût dit que quelque meuble venait d'être renversé dans la chambre voisine. Puis, au fracas d'un corps solide tombant sourdement sur le carreau, succédèrent des pleurs et des gémissements.

Une mince cloison en planches séparait Pierre de son voisin, de sorte qu'il pouvait facilement entendre les paroles que l'on prononçait.

Il se leva et appliqua son oreille contre la cloison.

C'était des mots entrecoupés de larmes et de soupirs, puis comme des trépignements et des gestes de colèro.

— Maudit sujet! maudite toile! disait la voix du voisin; j'aime mieux reroncer tout de suite que de m'épuiser plus longtemps en inutiles efforts.

Et on entendait des cris de rage et des sanglots.

Pierre frappa plusieurs coups sur la cloison.

— Qu'y a-t-il donc, voisin, s'écria-t-il?... vous m'avez fait une belle peur tout à l'heure, et vous êtes cause que j'ai amené une branche d'arbre jusque sur la figure d'un de mes personnages.

— Il y a que je viens de renverser mon chevalet d'un coup de pied, dans un accès de colère dont je n'ai pu me rendre maître.

— Et pourquoi?

— Parce que voilà vingt fois que je recommence sans pouvoir réussir; je suis au bout de ma patience et de mon courage, et j'aime mieux en finir une bonne fois et m'en aller tout de suite.

— Vous vous jugez peut-être trop sévèrement.

— Non, je ne sais pas ce que j'ai; je suis comme ensorcelé. Dans des circonstances ordinaires, je viendrais à bout de ce sujet tout comme un autre, et je ferais un tableau qui ne serait ni bon ni mauvais; mais aujourd'hui je ne sais comment m'y prendre, et je crois vraiment que j'ai oublié en vingt-quatre heures tout ce que j'ai appris depuis dix ans.

— Allons! reprenez courage, et reposez-vous aujourd'hui; demain vous serez plus heureux.

— Ma foi, non; et je vais de ce pas frapper bien fort à ma porte, afin qu'on m'ouvre et qu'on me rende ma liberté. Mon père aimera mieux cela que de me voir produire au concours quelque affreux tableau qui attirera sur moi et surtout sur lui les railleries et les attaques de tous ses rivaux et de tous ceux qui lui portent envie.

— Votre père est-il peintre?

— C'est M. Devosges le directeur de la section de peinture.

— M. Devosges, mon maître!... Comment se fait-il que je ne vous aie pas connu pendant les deux années que j'ai passées dans son atelier?

— Mon père m'avait envoyé à Paris chez un de mes oncles, qui est aussi peintre.

— Je comprends. Je me rappelle maintenant qu'il m'a parlé de vous.

Et, sans rien ajouter, Pierre examina la cloison et vit que les planches étaient à peine jointes et assez mal clouées. Il était fort et vigoureux. Il passa ses doigts dans un intervalle et tira violemment: la planche céda.

— Que faites-vous donc là, voisin?

— Vous ne le devinez pas?... Une porte pour entrer chez vous.

— Une porte! Pourquoi faire?

— Aidez-moi toujours ; vous le verrez après.

— Je le veux bien ; mais faisons le moins de bruit possible, de peur d'attirer l'attention du gardien.

— Vous paraissiez vous en soucier peu tout à l'heure, reprit Pierre en riant. Vous êtes-vous escrimé des pieds et des mains!... J'ai cru qu'au lieu de travailler à notre sujet de concours, *Saint Michel terrassant Lucifer*, vous étiez personnellement occupé à lutter contre messire Satan.

Trois planches étaient arrachés; Pierre se glissa, par l'ouverture ainsi pratiquée, dans la cellule voisine. Puis, sans rien dire, il ramassa le chevalet, y replaça la toile, prit la palette et les pinceaux de son compagnon et se mit à l'œuvre.

— Que faites-vous donc? dit celui-ci tout surpris.

— Vous le voyez, je vous aide. Nous avons encore six heures de jour ; je vais les employer à finir votre tableau, qui est fort avancé et que je juge moins sévèrement que vous. Votre Saint Michel est très-beau et très-bien posé.

— Oui, mais le diable manque entièrement ; et c'est là la seule difficulté du sujet. Je ne savais quelle position lui donner.

— Parce que vous étiez découragé ; sans cela vous l'auriez trouvée tout de suite. Tenez! moi, j'ai placé Lucifer renversé sur le dos ; j'ai eu tort. Il faut faire le vôtre rentrant dans les noirs abîmes, pressé par le pied de l'Archange. Tout sera pour le mieux ; vous verrez...

— Y pensez-vous ! me rendre un pareil service! à moi, votre rival !...

— Vous êtes le fils de M. Devosges, mon maître, et je ne serais qu'un ingrat si j'oubliais en ce moment les soins et l'affection qu'il m'a prodigués.

— Mais que penserait-on de moi, si l'on savait...

— Qui le saura?... Vous n'avez pas besoin d'en parler, et, quant à moi, vous pouvez être sûr de ma discrétion.

Ce fut un long combat de générosité, dans lequel Pierre Prud'hon finit par l'emporter.

Il travailla jusqu'au soir, sous les yeux de son compagnon.

A la nuit tombante, le tableau était presque terminé; il ne restait plus à faire que les fonds et quelques accessoires.

— Vous l'achèverez maintenant, dit Pierre en se levant.

— Ce ne sera point difficile, au point où il en est.

Puis il ajouta.

— Je crains que vous n'ayez trop bien travaillé pour moi; car je doute qu'aucun des concurrents puisse faire quelque chose de plus beau et de plus terrible à la fois que cet ange déchu, retournant la tête et regardant avec une expression de rage et de haine éternelle l'archange qui le chasse vers les enfers.

En cet instant, on entendit des pas dans le corridor.

Pierre se hâta de regagner sa cellule.

Il était temps : un gardien entrait pour lui apporter son repas.

Heureusement que la nuit était venue, et que le gardien ne vit rien.

LE GRAND PRIX DES ÉTATS DE BOURGOGNE

Il y avait grand bruit et grand mouvement dans l'antique château de Dijon.

On eût dit que ce jour-là ses vieilles murailles noircies par le temps avaient pris un aspect moins triste et moins sévère.

Les grilles étaient ouvertes, et nul gardien n'en défendait l'accès : c'était comme une invitation faite à tous d'aller et de venir et d'entrer librement.

Au dedans comme au dehors, tout semblait avoir pris un air de joie et de fête.

Les cours étaient encombrées de monde. Une double haie de curieux garnissait les abords de l'escalier d'honneur pour voir descendre de leurs carrosses de cérémonie tous les hauts fonctionnaires et toute la noblesse de la province.

A chaque personnage de distinction qui se présentait, la foule se pressait pour mieux voir, maintenue à grand'peine par deux rangs de hallebardiers ; puis, au milieu d'un murmure confus de voix, on entendait le nom du nouvel arrivant répété de bouche en bouche.

Ce fut bien autre chose encore, quand un grand carrosse doré, attelé de six chevaux richement harnachés, déboucha par la grille principale, précédé par des piqueurs tout reluisants d'or, et suivi par une troupe nombreuse et brillante de jeunes gentilshommes.

— Le prince de Condé !... le prince de Condé !... cria-t-on de toutes parts.

Et la foule fut contrainte de s'écarter pour faire place au rapide cortége.

C'était en effet le prince de Condé qui venait décerner le grand prix de peinture établi par les États de Bourgogne.

Il descendit de son carrosse et fut reçu au bas de l'escalier d'honneur par les principaux chefs et magistrats de la ville et de la province.

Le cortége, après avoir gravi les degrés de marbre, pénétra dans la grande salle des États.

La foule, un instant contenue, s'y précipita à sa suite.

La salle des États présentait un magnifique coup d'œil.

Qu'on se figure une salle immense, éclairée de chaque côté par de grandes et larges fenêtres. De hautes tapisseries, des tentures de velours et de brocard, relevées par des torsades d'or, recouvrent les murailles ; de distance en distance apparaissent des écussons aux armes des principales villes de la province. Deux rangs de banquettes, au milieu desquels s'ouvre un large passage, garnissent une partie de la salle ; c'est là que la bourgeoisie doit prendre place ; plus loin, des fauteuils pour la noblesse ; plus loin encore, une estrade qui occupe tout le fond et où prennent place le prince de Condé et son cortége, faisant face aux spectateurs.

Derrière ces places d'honneur, on pouvait voir, suspendus à la muraille, une dizaine de tableaux d'égale dimension et représentant tous le même sujet.

C'étaient les œuvres des concurrents.

Ceux-ci, assis sur une même banquette, les uns à côté des autres, attendaient que l'on prononçât sur leur sort. La plupart cherchaient à reconnaître, dans la foule, des parents ou des amis, leur souriant de loin et leur répondant du regard ou du geste.

Pierre Prud'hon, lui, n'attendait personne : mécontent de son œuvre, il avait écrit à son protecteur pour lui faire partager ses craintes et l'engager à ne point venir assister à sa défaite. Triste et découragé, il abaissait ses regards vers le sol, et, plongé dans de sombres pensées, il paraissait étranger à tout ce qui se passait autour de lui.

Ce fut un moment plein d'anxiété, lorsque le prince se leva pour proclamer le vainqueur.

Il se fit un grand silence dans la salle. Puis la voix du prince de Condé retentit, forte et éclatante comme en un jour de bataille, et prononça le nom si impatiemment attendu.

Ce nom, ce n'est pas celui de Pierre.

Cependant il a tressailli.

Ce n'est pas lui qu'on appelle pour recevoir la couronne ; et pourtant l'œuvre qui va être récompensée est bien la sienne : un autre va en recueillir la gloire et le profit.

Un instant Pierre se repent de sa généreuse complaisance, un instant il est sur le point de s'élancer de son siége et de faire connaître la vérité !... Mais quoi ! couvrir de honte et de confusion le fils de son maître !... N'a-t-il pas offert spontanément son assistance ? Et celui à qui il l'a offerte ne l'a-t-il pas longtemps refusée ?

La lutte a été courte dans l'âme de Pierre Prud'hon : les bons sentiments l'emportent ; seulement il se cache la figure dans ses deux mains pour ne pas voir ce qui va se passer, et, tout bas, il sanglote et il pleure.

Cependant, au nom prononcé par le prince de Condé, les applaudissements ont retenti de toutes parts.

Un jeune homme se lève du banc des concurrents.

C'est lui ! c'est Louis Devosges, le fils du directeur de la section de peinture de Dijon.

Mais au lieu d'aller droit à l'estrade où le prince de Condé l'attend, une couronne à la main, il se dirige vers Pierre, et, lui saisissant le bras, il cherche à
l'entraîner avec lui.

Pierre résiste, et un nouveau combat de générosité s'établit entre les deux
jeunes gens.

Les assistants ne comprennent rien à ce qui se passe.

On s'émeut de toutes parts.

Un officier du prince se détache et vient chercher Louis Devosges.

Alors celui-ci, voyant qu'il est impossible de vaincre la résistance de Pierre,
s'avance vers l'estrade et s'écrie à haute voix :

— Ce n'est pas moi qu'il faut récompenser : c'est Pierre Prud'hon !... car lui
seul est l'auteur du tableau.

Puis il raconte dans tous ses détails la scène que nous avons décrite.

Quand il eut achevé, la voix du prince retentit de nouveau.

Seulement, cette fois, c'était le nom de Pierre Prud'hon qu'elle venait de pro-
noncer.

Comme Louis Devosges allait se retirer :

— Restez, lui dit le prince.

Pierre Prud'hon s'avança à l'appel de son nom.

Son premier mouvement fut de se jeter dans les bras de Louis Devosges.

— Il faudrait aujourd'hui deux couronnes, dit le prince ; car ce prix, vous
méritez tous les deux de le partager : Pierre Prud'hon ira à Rome, puisque c'est lui qui a mérité le grand prix de peinture des États de Bourgogne ;
mais Louis Devosges, qui n'a pas voulu profiter du généreux dévouement de son
camarade, ira aussi à Rome. Un tel exemple est trop rare pour qu'une double
récompense n'en consacre pas le souvenir.

Pierre Prud'hon et Louis Devosges s'étaient inclinés pour remercier le prince.

D'unanimes applaudissements, se mêlant au bruit des fanfares, firent résonner
les voûtes de la salle des États.

LE PRESBYTÈRE

Nous sommes au presbytère de Cluny.

Dans un beau jardin qui s'étend autour des murs de la vieille église, M. Besson est assis sur un fauteuil. Affaibli par l'âge et les infirmités, il se réchauffe aux derniers rayons du soleil d'automne.

Auprès de lui, une femme d'une soixantaine d'années se tient debout. Elle a l'air triste et découragé, et ses regards, obscurcis par des larmes, sont attachés sur une lettre qu'elle tient ouverte à la main.

— Il ne faut pas vous désoler ainsi, Françoise, dit le bon curé : on ne réussit pas toujours, et Pierre sera sans doute plus heureux une autre année.

— Hélas! Monsieur, mon pauvre Pierre était si sûr de lui!... c'est à n'y rien comprendre. Vous rappelez-vous ce qu'il m'écrivait dans la lettre qui a précédé celle-ci? Tenez! je l'ai justement sur moi.

Et Françoise Prud'hon, tirant un papier de sa poche, le déplia, et, après avoir ajusté ses lunettes sur son nez, — ce qui, malgré tout son bon vouloir et son empressement, demanda un certain temps, — Françoise Prud'hon, dis-je, continua ainsi :

— Voilà le passage que je cherchais : « Ma bonne mère, dites bien à mon « bienfaiteur que je vais enfin le récompenser de tout ce qu'il a fait pour moi ; « c'est demain que nous commençons, et j'ai bon espoir. Le bon Dieu a mis « dans mon cœur tant d'amour et de reconnaissance pour vous et M. Besson!... « Je crois qu'il bénira mes efforts et mon travail........ » Vous voyez bien qu'il y comptait, monsieur le curé. Avouez qu'il y a quelque chose d'extraordinaire là-dessous. Moi, rien ne m'ôtera de l'esprit que quelque envieux lui a jeté un sort.

— Mon Dieu! ma pauvre Françoise, dit en souriant le pasteur, je ne pourrai donc jamais vous guérir de ces idées-là?... Vous voyez des sorciers partout.

— Dame, monsieur le curé, si vous m'affirmez qu'il n'y en a pas, il faudra bien que je vous croie : car vous en savez plus long que moi, qui ne suis qu'une pauvre femme bien ignorante. Mais c'est égal, il y a des choses.... des choses que, sans les sorciers, on ne pourra jamais expliquer.

— Et quoi donc, Françoise?

— Dame! par exemple, la vache noire de Pacou, qui a disparu la nuit, au milieu d'un orage, par un grand coup de tonnerre, sans que personne en ait jamais entendu parler; et puis, il y a bien longtemps, bien longtemps, la maison du père Falot, où les meubles dansaient tout seuls, après minuit.

— Quant à la vache de Pacou, elle a été vendue dans une ferme, à plus de trente lieues d'ici, par un rôdeur de nuit qui l'avait volée; Pacou l'a reconnue il y a quelques jours.

— Oui, mais la maison de Falot?

— Elle a été achetée par un voisin qui s'était amusé méchamment aux dépens du bonhomme, pour le forcer à la vendre à vil prix.

— Vous avez réponse à tout, monsieur le curé, et je vois bien que j'étais dans l'erreur.... Mais rien ne m'ôtera de l'idée qu'il s'est passé pour mon pauvre enfant quelque chose de bien extraordinaire.

— Pierre aura eu peur; il se sera découragé. D'ailleurs, qui nous dit qu'il ne s'est pas trop défié de lui-même et qu'il n'a pas jugé trop sévèrement son œuvre? Tenez! Françoise, je vais vous l'avouer, si je n'avais été aussi faible et aussi souffrant, ce n'est pas la lettre qu'il nous a écrite pour nous dire de rester qui m'aurait empêché de partir.

— Vrai! monsieur le curé.

— Si vrai, que j'avais demandé une des carrioles du couvent.

— Ainsi, vous ne désespérez pas?

— Au contraire, quelque chose me dit au fond du cœur que notre Pierre est heureux en ce moment et que tous ses vœux et les nôtres sont réalisés.

Au moment même où ces bonnes paroles du vieillard allaient, comme un doux rayon d'espérance, jusqu'au cœur de la pauvre mère, une porte s'ouvrit à l'extrémité du jardin, des pas se firent entendre et un cri joyeux retentit; enfin Pierre Prud'hon, une couronne à la main, s'élança vers sa mère et vers le curé de Cluny. Arrivé à peu de distance, il s'arrêta, indécis, partagé entre l'amour et la reconnaissance, et ne sachant auquel de ces deux êtres chéris porter d'abord la noble récompense qu'il venait de conquérir.

Le pasteur vit son embraras.

— Ta mère ! ta mère d'abord, mon enfant, s'écria-t-il.

Et le jeune homme alla tomber dans les bras de sa mère. Quelques instants se passèrent ainsi dans la plus douce étreinte. Françoise Prud'hon, folle de joie, pleurait et riait à la fois ; Pierre et elle ne trouvaient pas de mots pour exprimer leur tendresse et leur bonheur.

Mais le cœur a dans ses épanchements muets plus d'éloquence que toutes les plus belles paroles.

Pierre se dégagea des bras de sa mère et s'approcha du vieillard ; puis, mettant un genou en terre devant lui et déposant sa couronne à ses pieds, il lui prit la main, la couvrit de baisers et l'arrosa d'heureuses larmes.

— O mon bienfaiteur ! ô mon second père, lui dit-il, lorsque son émotion lui permit de parler, c'est à vous qu'appartient cette couronne : vous m'avez pris tout enfant, vous m'avez recueilli sous votre toit, vous m'avez comblé de biens, vous vous êtes imposé pour moi les plus généreux sacrifices ; ma vie entière ne saurait acquitter la dette que j'ai contractée envers vous. Ce premier succès, je vous le dois, comme je vous devrai ma carrière et mon bonheur. Oh ! croyez que, dans l'avenir aussi bien que dans le présent, ma première pensée sera toujours pour vous et pour ma mère.

— Pour ta mère et pour moi, veux-tu dire, mon enfant : c'est l'ordre de la nature, et il n'y faut rien changer. Dieu fait si bien toutes choses ! Va, mon fils, l'enfant de mon affection et de mes espérances, tu seras un grand peintre et un bon cœur ! Car Dieu t'a comblé de ses dons ; en même temps que le talent, il t'a donné tous les sentiments nobles et généreux qui élèvent l'âme et qui, non moins que le génie, commandent l'estime et le respect des hommes.

Suffoqué par les larmes et les sanglots, le bon vieillard n'en put dire davantage ; il attira le jeune homme sur son cœur, et l'y tint longtemps embrassé.

Le rêve de l'orphelin de Cluny commençait à se réaliser

LA FIN DU RÊVE.

Quatre ans se sont écoulés.

Nous nous retrouvons à l'endroit où a commencé ce récit, près de la chaumière isolée au bord de la route.

Le printemps prodigue ses plus doux sourires; une teinte verte nuance la plaine, et l'aubépine en fleurs se suspend en festons et en guirlandes au bord des chemins. Déjà le laboureur féconde de ses sueurs le champ qui doit le faire vivre. Fatigué parfois, il s'arrête; mais bientôt il reprend courage: car il lui semble voir les blondes têtes de ses épis se balancer au souffle du vent; il entend le bruit des tiges qui se heurtent; il voit les grains serrés et nombreux étinceler au soleil.

Quel est celui qui ne se sent pas plus heureux au printemps? Quel est celui dont le cœur ne s'ouvre pas à l'espérance, en présence de ce beau et consolant spectacle de la nature rejetant ses vêtements de deuil et retrouvant la vie et la joie après les tristes jours d'hiver?

Mais, sous cette influence du printemps, nos regards nous tromperaient-ils?

La chaumière de Françoise Prud'hon était nue et délabrée; un petit champ mal cultivé y attenait seul.

Maintenant les murs sont propres et blancs, et sur un treillage vert qui couvre toute la façade, la vigne commence à pousser de vigoureux rejetons; un joli jardin s'étend derrière la maison et sur les côtés, paré de quelques fleurs et planté d'arbres à fruits.

Les fenêtres et la porte sont ouvertes, et il s'en échappe comme un trop plein de bonheur. On entend des cris joyeux, des voix d'hommes, de femmes et d'enfants.

De temps en temps, un beau jeune homme, élégamment vêtu, sort de la maisonnette et va jusqu'au bord de la route; là il interroge l'horizon du côté de Cluny; il est à la fois joyeux et impatient; il va, il vient, il rentre, revient encore.

Cette fois, il pousse une exclamation.

— Ce sont eux!

Aussitôt une trentaine de personnes de tout âge s'échappent comme une joyeuse volée de la demeure, et viennent le rejoindre sur le chemin.

On aperçoit alors une lourde carriole qui se dirige vers la maison, au pas tranquille et lourd d'un vieux cheval.

Le jeune homme n'y peut plus tenir; il court, il s'élance.

Appuyé sur le bras de Pierre Prud'hon, — car le jeune homme, c'était lui, — le vieux curé de Cluny, faible, chancelant, descendit à grand'peine de la voiture; Françoise Prud'hon en descendit à son tour.

Tous les enfants et petits-enfans tendirent les bras vers la bonne mère, et, l'entourant comme d'une guirlande, lui firent un cortége jusqu'à la chaumière, tandis que M. Besson y entrait à son tour, toujours guidé et soutenu par Pierre Prud'hon.

En dépassant le seuil de la porte, Françoise Prud'hon et le bon curé laissèrent échapper une joyeuse exclamation.

C'est que l'intérieur de la maison répondait à l'extérieur: des meubles de noyer reluisaient autour des murs fraîchement peints; des rideaux de serge verte ornaient les fenêtres, et, sur le dressoir, s'étalait une belle vaisselle de faïence peinte.

Au milieu de cette pièce était une table si grande, que l'on pouvait à peine tourner autour: la famille était nombreuse, et chacun devait trouver sa place.

Le couvert était mis, les mets fumaient sur la table, le vin frais tiré couvrait d'une mousse blanche les rebords des cruchons de grès; la table n'attendait que les convives.

— Ma mère, dit Pierre, cette maison que nos malheurs vous avaient jadis forcée de vendre est à vous maintenant avec tout ce qu'elle contient; tous vos enfants et petits-enfants sont réunis aujourd'hui pour vous fêter et pour fêter mon bienfaiteur.

On prit place, et le repas se fit joyeusement.

Au dessert, une grande toile verte, qui recouvrait une partie de la muraille, s'abaissa brusquement, et l'on vit alors trois tableaux :

L'un était le portrait de M. Besson.

L'autre celui de Françoise Prud'hon.

Au milieu, un tableau de plus grande dimension représentait la scène que nous avons décrite au commencement de ce récit : la terre couverte de neige, le bon curé sortant de la chaumière et s'arrêtant devant Pierre Prud'hon chargé d'un énorme fagot de bois mort.

Je renonce à peindre l'émotion des convives, et surtout celle de Françoise Prud'hon et de M. Besson.

Celui-ci, pressant le jeune homme dans ses bras, put à peine lui dire ces mots :

— Pierre, Pierre, tous tes souhaits sont accomplis, et voici la fin de ton rêve !

Ce ne fut pas là cependant, mes jeunes lecteurs, la fin du rêve de Pierre Prud'hon : il marcha de succès en succès et devint un des peintres les plus fameux de l'école française.

Vous me saurez peut-être gré de vous citer quelques-uns de ses principaux tableaux ; ce sont : *Vénus et Adonis*, le *Balancement du zéphyr sur les eaux*, *Andromaque embrassant Astyanax*, la *Justice poursuivant le crime*, etc., etc.

Vous pourrez voir encore deux de ses œuvres les plus remarquables : le plafond de la salle de Diane, au Musée du Louvre, représentant *Latone implorant Jupiter*, et une *Assomption de la Vierge*, qui orne la chapelle des Tuileries.

La dernière œuvre de Prud'hon fut un *Christ en Croix*, commandé par la ville de Metz.

Le grand peintre, inspiré par l'idée de sa fin prochaine, y travailla sans relâche.

Le tableau était achevé depuis trois jours seulement, lorsque Prud'hon s'éteignit dans les sentiments de la foi la plus vive, en l'année 1823.

Telle est, mes jeunes lecteurs, l'histoire vraie de l'enfance et de la jeunesse de Pierre-Paul Prud'hon, L'ORPHELIN DE CLUNY.

TABLE

IMPRIMERIE RENOU ET MAULDE, RUE DE RIVOLI, 144.

www.ingramcontent.com/pod-product-compliance
Ingram Content Group UK Ltd.
Pitfield, Milton Keynes, MK11 3LW, UK
UKHW020001100726
13658UKWH00002B/755